キム・エラン
キム・ヘンスク
キム・ヨンス
パク・ミンギュ
チン・ウニョン
ファン・ジョンウン
ペ・ミョンフン
ファン・ジョンヨン
キム・ホンジュン
チョン・ギュチャン
キム・ソヨン
ホン・チョルギ
矢島暁子 訳

目の眩んだ者たちの国家

新泉社

눈먼 자들의 국가
김애란 김행숙 김연수 박민규 진은영 황정은
배명훈 황종연 김홍중 전규찬 김서영 홍철기
문학동네, 2014

The Korean edition originally published in Korea by
Munhakdongne Publishing Corp., Paju.

This Japanese edition is published 2018 by Shinsensha Co., Ltd, Tokyo,
by arrangement with Munhakdongne Publishing Corp.
through KL Management in association with K-Book Shinkokai.

This book is published with the support of
Literature Translation Institute of Korea (LTI Korea).

目の眩んだ者たちの国家 ❖ 目次

キム・エラン
傾く春、私たちが見たもの 009

キム・ヘンスク
質　問 025

キム・ヨンス
さあ、もう一度言ってくれ。テイレシアスよ 033

パク・ミンギュ
目の眩んだ者たちの国家 049

チン・ウニョン
私たちの憐れみは正午の影のように短く、
私たちの羞恥心は真夜中の影のように長い 073

ファン・ジョンウン
かろうじて、人間 093

ペ・ミョンフン
誰が答えるのか？ 109

ファン・ジョンヨン
国家災難時代の民主的想像力 131

キム・ホンジュン
じゃあ今度は何を歌おうか？ 149

チョン・ギュチャン
永遠の災難状態――セウォル号以降の時間はない 163

キム・ソヨン
精神分析的行為、その倫理的必然を
生き抜かなければならない時間——抵抗の日常化のために 189

ホン・チョルギ
セウォル号の惨事から何を見て、何を聞くのか 217

本を編んで……シン・ヒョンチョル 245

訳者あとがき 248

◉装幀……北田雄一郎

凡例

・（†）は原註である。
・（＊）および〔　〕内は訳註である。

傾く春、私たちが見たもの

キム・エラン

キム・エラン

一九八〇年、仁川《インチョン》で生まれる。韓国芸術総合学校劇作科卒業。二〇〇二年、第一回大山《テサン》大学文学賞に短編小説が選ばれデビュー。韓国日報文学賞、李孝石《イヒョソク》文学賞、今日の若い芸術家賞、申東曄《シンドンヨプ》創作賞、金裕貞《キムユジョン》文学賞、二〇一一年若い作家賞大賞、韓戊淑《ハンムスク》文学賞、李箱《イサン》文学賞受賞。短編集『走れ、オヤジ殿』『唾がたまる』『ひこうき雲』、長編小説『どきどき僕の人生』などがある。

〔邦訳書：『どきどき僕の人生』（クオン）、『走れ、オヤジ殿』（晶文社）、『外は夏』『ひこうき雲』『唾がたまる』（亜紀書房）、『だれが海辺で気ままに花火を上げるのか』（トランスビュー）〕

◉質問を受ける

——いま、あなたを最も絶望させているものは何ですか。

二〇一二年冬、サンヨン自動車（＊1）を解雇された労働者を囲むブックコンサートの席で、司会役の文芸評論家が尋ねた。壇上に上がった労働者の家族と作家五人全員への質問だった。

◉見る

二〇一四年四月、自宅で出かける用意をしているときに初めてその船を見た。「セウォル」という名前のほかにはこれといって印象的なところのない、平凡な形の船だった。いつだったか、私もあんな船に乗って修学旅行に行ったことがある。何年か前、両親も似たような船で済州島《チェジュド》に行ってきた。

＊1　韓国の準大手自動車メーカー。一九九〇年代半ばから経営状況が悪化し、二〇〇〇年代以降、外国資本による経営再建を目指したが、二〇〇九年、会社側の人員整理解雇案に反発した労組が工場の占拠闘争に入るなど、労使紛争が深刻化した。解雇労働者とその家族に多くの自殺者が出たと報告されている。

テレビのニュースの映像はとても静かだった。炎を吹き出していたり、建物が崩壊したりしている現場に比べると、どこか少しのんびりしているようにさえ見えた。何も知らないままテレビをぼんやりと眺めていると、家族の誰かが「乗客は全員救助されたらしいね」と言った。私は「あ、そうなんだ」と答えて、事故の映像から目を離した。何が起こったのかよくわからなかったが、事態は収まったようだったし、全員が救助されたということなら、心配しなくてもよさそうだった。とりあえずは、「全員生きている」ということのほかに私が知っておくべき情報はないように思われた。

私は急いで家を出て、外にいた長い時間、そのことを忘れていた。私は、自分が見たものを大したことではないと思っていた。

◉聞く

三百六十八人と言ったかと思うと百六十四人だと言う。何日か後には百七十四人と言い、またすぐに今度は百七十二人だと言う。船が傾いてから七回以上訂正が繰り返された。事故当日、外国のマスコミが遭難者の水温別の生存可能時間について報じているときに、韓国では死亡保険金の計算をしていた。権力が命を数字としてしか見ないことに、人々は憤慨した。一方では「災難の階級化」とか「責任の外注化」といった言葉も広まった。船会社も政府もセウォル号に乗船していた人数さえも正確に把握できず、数字にすら表れない彼らは、いまも海の底で冷たく、固くなっている。

名前を聞いた。高校生、行方不明者、犠牲者などと呼ばれるのとは違う、彼らの家族がいつもそうしていたように、本名で、愛称で呼ばれるのを聞いた。家族にとっては、生きていればあと何万回も呼びかけるはずの名前だっただろう。その名前に込められた一人の人間の歴史が、時間が、誰もつづめて言うことなどできないその一つひとつの世界が、彭木港《ペンモク》（＊2）の暗闇の中で夜ごといんいんと鳴り響いた。朝も、昼も、鳴り響いた。ニュースで彼らの消息を聞くたびに、道を歩いていても、食事をしていても、掃除をしていても、下腹を殴られたように腰が抜けた。体の中からじわじわと湧き上がってくる悲しみではなく、突然襲いかかってくるような痛みだった。家族も、自分の愛する人の名が、そんな場所でそんなふうに報じられることになるとは思ってもみなかっただろう。ニュースを見た多くの人々が、犠牲者の名前に自分の名前を重ねた。あるいは自分の子どもの名前を重ねて一緒に泣いた。初めは軍隊で、次は大学で、そして今度は高校生に大変なことが立て続けに起きて、中学生たちは「次は自分たちの番だ」とつぶやいた。どれも公的な空間で起こった人災だった。その犠牲者の欄に次はどんな名前が入るのか、誰にもわからない。いや、今回だってわかりはしない。これまでもその欄に、「バイト」とか「軽薄」、「従北」

＊2　朝鮮半島西南端部に近接する珍島《チンド》の先端にあり、周辺の島々と結んでいる港。セウォル号の沈没現場に近く、救助捜索活動の拠点となった。事故発生直後から、多くの被害者家族やボランティアたちが集まった場所でもある。

〔北朝鮮追従者〕あるいは「世間知らず」という言葉を勝手に入れてきたのだから。

先日、我が子の写真を持って街へ飛び出した父親は、遺族に向かって放言を繰り返す為政者たちに、「どうか放っておいてくれ」と言った。死なせないでくれでも、助けてくれでもなく、ただ、少しそっとしておいてくれ、と言った。この国の国民たちの「安寧《アンニョン》」のぎりぎりの防衛ラインが、いまでは福祉でも教育でも医療でもなく、生存そのものになってしまったかのように。そっとしておいてくれ、と言った。

◉見る

「こんなことが起こった」とあとから「聞いた」のではない。船内に閉じ込められている彼らと同じ時間を過ごしたのだ。今年四月、セウォル号が沈むのを全国民が見た。「聞いた」のでも「読んだ」のでもなく、座って、あるいは立って、リアルタイムで「見た」。毎日毎日、時々刻々、辛い思いで「見た」。朝のニュースで見て、夕方のニュースで見て、インターネットのニュースで見た。結局、「一名」も救助できないのを。関係者たちが責任逃れをし、利害の算段をしている間に、一部だけ顔を出していた船体が海の中に完全に沈んでいくのを「見た」。ご飯を食べた後に見て、寝た後に見て、仕事をした後に見て、歩いた後に見た。そして、いまも見ている。おそらく、今後も見続けることになるだろう。船体が錆びて朽ちてしまっても、あるいは引き揚げられてそこからなくなったとしても。

事故が起きて三日目。家の前の食堂で女子中学生が二人、頭をくっつけてスマートフォンでセウォル号のニュースを読んでいた。いつもなら芸能記事をクリックし、コメントを書き、ゲームをし、おしゃべりをしているはずの子どもたちが、一言もしゃべらずに暗いニュースに集中していた。私たちが見たのと同じものを子どもたちも見た。船の中から一人も救い出せなかったのを。何よりもまず命を救わなければならないときに、自分の責任ではないと声高に主張し、自己の利益のために立ち回る姿を。そんなことが平気で通用するこの世界の無惨な論理を。子どもたち「も」見た。大人がいるところでも、いないところでも。そして自分たちが見たものの意味を知った。おそらく私たちが思っているよりずっと正確に理解しただろう。

◉聞く

「最善」を尽くすと言うのを聞いた。「最大限」努力するという言葉も。「すべて」を動員するという約束も聞いた。一回や二回ではなく、何回も繰り返し聞いた。もっともらしい言葉は、主に「上」から下りてきた。そこには副詞や形容詞、述語や抽象名詞はたくさん使われていたが、時制は不明で、動詞や主語、固有名詞はほとんどなかった。続いて聞こえてきたのは「責任」という言葉だった。「積弊」という言葉、「厳罰」という言葉も登場した。ところがその言葉を最後まで全部聞いても、いったい誰が何に対してどのように責任を取るというのかわからなかった。

「申し訳ない」という言葉よりも、「待ってほしい」と懇請する言葉よりも、はっきりと聞こえたのは責任者の放言や失言だった。そしてそのうちの一つの言葉が、遺族を街頭へ向かわせた。五月八日の父母の日、まるで罰で立たされているように我が子の写真を両腕で掲げ持つ彼らの姿を見て、もしかしたら政府の言う「最善」や「最大限」は、国民を対象にしてはいないのかもしれないと思った。

政府は、必要な措置を次々と命じて民心を安心させる「口」だと自任していたが、時間が経つにしたがって国民が本当に望んだのは、権力の「耳」だった。とりわけ遺族にとってはそうだった。五月八日、遺族が冷たいアスファルトの道路に座って夜を徹して要求したのは、まさに「対話」だったのだ。この日、遺族たちは、自分たちは闘うために来たのではない、私たちが望むのは謝罪だ、私たちの気持ちをわかってほしいだけなのだと写真を抱いて泣いた。彼らの前に立ち塞がった、おそらくセウォル号の中の高校生たちより四、五歳年上なだけの、頭を下げた警察官の腕を摑んで泣いた。しかし丸一日が経っても、彼らが望む「対話」の道は開かれなかった。文字どおり未開のままだった。以前、「未開」という言葉の意味を調べたことがある。「社会が発展しておらず、文化水準が低い」という意味がまず出てきたが、その下に「開かれていない」という二次的な意味もあった。普通、「未開」は一つ目の意味で使うが、今後私たちは、誰か他人の苦痛に対して「耳を閉ざしている」とき、そして「心を開かない」とき、その状況を「未開」と呼んでもよいかもしれない。

◉見る

四月末、安山《アンサン》の「セウォル号犠牲者臨時合同焼香場」に行ってきた。市が運行するシャトルバスで壇園《ダヌォン》高等学校の近くのオリンピック記念館へ向かう途中、電柱に貼られた「ブラボー安山、世界の中の安山、幸せな人たち」というスローガンが目に入った。弔問客が列をなした古棧《コジャン》小学校本館には、「ともに生きよう素直な良い子」という標語が大きく書かれていた。普段だったらとくに気にも留めずに通り過ぎていたような、健全そのものの言葉だった。以前、内実のない美辞麗句ばかり並べる政治家たちを「言語略奪者」だと思ったことがある。ところが安山でそうした標語を見ていて、もはや言葉の一つひとつではなく、文法自体が破壊されてしまったと強く感じた。ある単語が指す対象とその意味が一致していられず揺らいでいるのを、シニフィアンとシニフィエの約束(*3)が無残に壊れていくのを見た。

この先、「海」を見るとき、私たちの目には海のほかに別のものも見えるだろう。「じっとしていなさい」という言葉には、永遠に翳《かげ》ができるだろう。特定の単語を使うたびに、その言葉の下

*3 ソシュールが定義した言語学用語。「意味を表しているもの」(シニフィアン:記号表現)と「意味されている内容」(シニフィエ:記号内容)が一体となって「記号」(シーニュ)を形成するとされる。

に敷き詰められた闇を意識することになるだろう。ノートにセウォルという単語を書こうとしてやめて、時間とか人生という単語に変える人もいるだろう(*4)。四月十六日以降、「海」や「旅行」が、「国」や「義務」が、まったく異なる意味に変わってしまった人もいるだろう。当分の間、「沈没」や「溺死」は隠喩や象徴として使うことができないだろう。私たちは私たちが見たものから逃れることができないだろう。私たちが見たものが、これからは私たちの視覚の代わりをするだろう。セウォル号の惨事は、残像のようにそのうちに消えてしまうものではなく、コンタクトレンズのようにそのまま二つの目にくっついて、世の中を見る視覚、目そのものになるだろう。だから、「海」がただの海になり、「船長」がただの船長になるまでに、「信じろ」という言葉が信じるに値する言葉に、「もっともな言葉」が道理にかなった正しい言葉という本来の意味を表すようになるまでに、いったいどれほど多くの時間が必要だろうか。いまは見当もつかない。

◉聞く

二〇一二年冬、ブックコンサートの席にサンヨン自動車を解雇された労働者イ・チャングンさんの家族がいた。楽屋で彼らに間近に会った人たちは、一瞬のうちに粛然とした気持ちにさせられた。言葉ではうまく説明できないが、それまでの歯を食いしばって生きてきた日々が二人の顔にそのまま刻まれていたからだ。多くの同僚たちの死を耐えて過ごしてきた夫の、生活を切りつめて過ごしてきた妻の、そして父母の闘いの現場でともに過ごしてきた子どもたちの、それぞれが過ごしてきた日々の中身は少しずつ違っていても、三つの時間はどれも普通の時間ではなかったことだけは明らかだった。ブックコンサートの第二部で、夫と妻は、苦痛を分け合って過ごしてきた日々について話してくれた。そして主催者側で用意した二時間余りのプログラムがすべて終わって、司会者が最後の質問を投げかけた。

——いま、あなたを最も絶望させているものは何ですか。

作家たちはその場でそれぞれ自分なりにできる話をした。私はちょっとうろたえてしまって、とりとめのない話しかできなかった。絶望について、あるいは希望について皆が一言ずつ話し、やがてイ・チャングンさんの妻のイ・ジャヨンさんの番になったとき、彼女は誰も行ったことのない時代に一人で帰っていくように、淡々と話した。

「私を最も絶望させたのは、もっと努力しなさいという言葉でした」

その言葉に、私はちょっと驚いた。そしてその「驚いた」という事実から、自分が完全に彼女の苦痛の外にいる人間なんだと理解できた。どんなに想像をめぐらしても、世の中には実際に経験した人でなければわからない苦痛があり、そしてその苦痛に耐えてきた他人の身体があること

＊4 「セウォル」という単語は、「歳月」という意味で使われることが多い。

がわかった。イ・ジャヨンさんは、これ以上どうやって努力しろというのか、頑張れというのか、それがわからず時々絶望的になったと言った。彼女の答えからは、言いようのない寂しさが伝わってきた。肉体的に、精神的に、そして金銭的にも続く終わりの見えない苦痛の時と、世の中の無関心と暴力の中にたった一人で取り残されたように感じる時間を、ずっと味わってきた者だけにわかる寂しさだった。

今回、珍島《チンド》で私はそのときと同じ寂しさを見た。素足を波に打たれながらしゃがんで泣いている人の後ろ姿だった。真夜中に「子どもたちを早く返してくれ」と珍島から青瓦台《せいがだい》〔ソウルにある大統領府〕に向かって真っ暗な道を歩き出した人たちの焦燥の中にも、荒く波立つ海に向かって「力のない母さんでごめんね」と叫んだ母の涙の中にも、イ・ジャヨンさんと同じ寒々としたものを感じた。当事者でなければ見当もつかない、想像することも表現することもできない巨大な寂しさだった。

◉答えられない

熱くならずにこの文章を終えることができるか。冷たくならずに今を語ることができるか。先月十六日〔二〇一四年四月十六日〕、いまにも海中に没してしまいそうな傾いた船の中で、一人の女子高生が不安を振り払おうとするように友達に明るい声で聞いた。

「傾きってどうやって求めるんだっけ？」

そしてこの冗談を最後に、二度とこちらに戻ってくることはなかった。最近私はずっと、それは若い高校生たちが私たちに最後に残していった質問であり、宿題なのではないかと感じている。この傾斜をどうするか。すべての価値と信頼が滑り落ちてしまうこの絶壁、儲けばかりは上に上げ、危険と責任はいつも下に押しつけてくるこの急で危険な傾きという問題に、どうやって答えを見つけていったらよいのか。

このひと月の間、多くのものを見て、聞いた。見なければ逃してしまいそうで、逃したら騙されそうだった。できる限りすべてのものを見て、誰がなんと言っているのか記憶しておこうと思った。いま、珍島に「事実」は溢れているが、「真実」はまだすべて明らかになってはいないようだ。そしてこの間、私は壊れた文法の山の上に座って、言葉の無力と、言葉の無意味と闘わなければならなかった。どんな言葉も海の中にまで届けることはできず、どんな言葉も正しく意味を伝えることができない状況で、自分を納得させる言葉さえ見つからなかった。

だからといってただ座り込んでばかりはいられないので、二年前のイ・ジャヨンさんを思い出しながら私がようやく見つけ出した答えは、もし私たちが他人の内部にまで入っていくことができないのならば、とりあえず近くに立ってみることが最初にすべきことなのかもしれない、ということだった。その「近く」に立つために、時には脚が震えたり顔が赤くなったとしても、まずは立つだけ立ってみるのが正しいのではないか。「理解」とは、他人の中に入っていってその人の内面に触れ、魂を覗き見ることではなく、その人の外側に立つしかできないこと、完全に一体にはなれないことを謙虚に認め、その違いを肌で感じていく過程だったのかもしれない。そのうえで、少しずつ相手との距離を縮めていって、「近く」から「すぐ隣」になることなのではないか。そのような理解が、傾聴が、共感が、この危なっかしい傾きという問題の答えを見つけなければならない私たちの世代に必要なことであり、制度を作ったり直したりする人たちにとってもやはり、監視と処罰の前に、統制と回避の前に、一番初めにすべきことだったのかもしれない。そのとき、誰かの話を「聞く」ということは、単なる受動的な行為にとどまらず、勇気と努力が必要な行為となるだろう。何度も話を聞いたり様子を見たからといって、他人のことを簡単に「わかった」と言ってはいけないのも、誰かの苦痛に共感することと不幸を見物することとはまったく違うわけも、本当の握手と略奪とを区別しなければならない理由も、同じことだ。

先月、臨時焼香場に行ったとき、古棧小学校で二時間以上焼香を待っていたが、グラウンドに人があんなにたくさんいたのに、周囲にはおしゃべりをする人はほとんどいなかった。騒いでいるのは子どもたちだけだった。大人たちが作った丸い列の外側でブランコに乗り、砂の城を作って何か叫んで笑っている子どもたちの声を聞いていると、それがまるで前世から聞こえてくるもののように感じられた。その瞬間、喪服を着て見知らぬ街の真ん中に立っている私が、最も強烈に感じていることの一つが、「命の生々しさ」なのだと気づいた。悲しみの中に隠そうとしても、幻滅の中に紛らわそうとしても、臭いのようにどうしても滲み出てしまう、「生きているという事実」のその「どうしようもない生々しさ」だった。焼香場での待ち時間が長くなると、両親についてきた何人かの子どもたちは、脚が痛いと地面にしゃがみこんだ。大学生とおぼしき青年は、中間試験の準備だろうか、砂塵の真ん中で口をしっかり塞いでテキストに没頭していた。銀のスパンコールがついたピンクのハンドバッグを持った女の子の様子は、なんとも小学生らしくて可愛く、お母さんの懐に抱かれて何も知らずに眠る赤ちゃんのあどけなさは、周囲の人を和ませてくれていた。そこに来た人々は皆、なんとか時間をつくって、亡くなった人たちに自分なりの挨拶をしに来ているのだった。そのときふと、私は犠牲者たちを弔いたかったのと同じくらい、同じ感情、同じ悲しみを持つ、同じ時代を生きる人たちと一緒にいたいと思ったのだ、と気がついた。それと同時に、そこに集まった者たちの怒りや恨み、虚脱感や絶望、罪責感や悲しみは、結局はすべて生きている人のものなのだという思いが浮かんできた。そしてその瞬間、何よりも胸が痛んだのは、亡くなった人たちはそのどれも持って行くことができないということだった。生きている人たちが感じるそんなやりきれないことのリストの中にさえ、彼らが享受できるものは一つもないという単純な事実だった。

セウォル号の惨事の犠牲者たちの冥福を祈る。

キム・ヘンスク

質問

キム・ヘンスク

一九七〇年生まれ。一九九九年『現代文学』に詩を発表し、デビュー。詩集『思春期』『別れの能力』『他人の意味』『エコーの肖像』、文学エッセイ『エロスとオーラ』がある。

命はじっとはさせておかないものです。でも、いま「じっとしていなさい」という言葉が幾重もの違う影を落とし、ばしゃん、ばしゃんと黒い岩をとめどなく打つ波のようにこだましています。じっとしていろとしか言えなくて申し訳なく、じっとしていることしかできなくて申し訳なく、申し訳ないとしか言えなくて申し訳なく思う、どうしたらよいかわからない夜です。

それでも、じっと、考えてみようと思います。死のこだまを響かせ続ける「じっとしていなさい」という言葉について。四月十六日の惨《むご》たらしい呪詛《じゅそ》の言葉になってしまった「じっとしていなさい」というアナウンスは、五分後、十分後、三十分後、一時間三十分後の状況を考えてもみない、ただ現在にあたふたしてしまった人間の判断間違い、判断の留保、時間への逃避であり、そして致命的な責任の放棄、忘却でした。動かずに待機しなさいという船内放送が修正されずに繰り返されている間に、判断を下した船長と多くの船員たちは、判断をしたことを忘れ、判断がもたらす作用を忘れ、判断が招くであろう悲劇も忘れて、慌てて危険な船から逃げ出しました。判断した主体が消えて、主体に忘れられた判断の声だけが、船が沈没する直前まで、幽霊のように、毒ガスのように流れていました。判断の主体を例外とするような判断は、非倫理的です。命令の主体を例外とするような命令は、非倫理的です。それゆえ「じっとしていなさい」という言葉は、振り返って考えてみると痛恨のミスだったと言って済ますことはできません。そんな忘却、あるいは無知は、人間的な欠点や弱みで済ませるわけにはいかない、倫理的な穴、倫理の消えた非人間的な空白なのです。

もう少し考えなければなりません。「じっとしていなさい」という言葉が恐ろしい象徴になってしまったこの場所で。それが命令形ではなく、疑問形に変わって鉤《かぎ》のようなクエスチョンマークを投げかけてくるこの場所で。それは人間の倫理と人間の政治をもう一度問い質す質問にならざるを得ません。悪い夢を見て眠気が吹っ飛んでしまった明け方のように、人々は極度に鋭敏になった耳で、普段ならよく聞こえなかっただろうその声を、針の先のように神経を研ぎ澄ませて聞いているのだと思います。「じっとしていなさい」という幽霊放送は、私たちの日常の中に鳴り渡っていた音、日常をコントロールしていたタワーの声、私たちが呼吸していた空気、私たちの内面を抑えつけている岩だったのではないか。私たちの毎日、そのありふれた平穏、見せかけの平穏は、その声の下で与えられ、維持されていたのではないか。問題がなくて平穏だったのではなく、問題がないふりをしたり、問題を大したことはないと思ったり、問題を隠したり後回しにしたり諦めたり忘却したりして、問題があっても異常なしと考えて、深い霧のように漂っている問題を当たり前のように受け入れて生きてきたので、今日一日をなんとか無事に問題なく営めていたのではないか。ひょっとすると、淡々と流れる平安なその日々は、四月十五日のセウォル号なのではないか。

この疑問に、「みんな病気にかかっていたのに、誰も痛いと思わなかった」という詩人イ・ソンボク(*1)の詩の一節が染み込んできます。そして、「皆で一緒に悲しもう。しかし皆で一緒に愚者になることはない」というスーザン・ソンタグの言葉も、その周りを漂います。四月十六日の沈没に対する大韓民国の人の心境をあえて表すとすれば、九月十一日の廃墟を見つめてソンタグが伝えたそのメッセージに、ぜひ付け加えるべき言葉があります。それは、「申し訳ない」と「恥ずかしい」の二つです。「申し訳なさ」と「恥ずかしさ」が、この惨事の中で私たちの節度をかろうじて保たせている感情なのだと思います。悲しみの共同体の中で、人間の魂がかろうじて息をしているのです。

あまりにも多くの問題が、あからさまに素顔をさらけ出しました。申し訳ないと思っていないような、恥ずかしいと思っていないようなその素顔は、それ自体が暴力となり、傷を生みました。

*1 李晟馥《イソンボク》は一九五二年生まれ。一九七七年、「馴染んだ遊廓で」などを発表して詩人としてデビュー。一九八〇年代に若手詩人として頭角を現し、現代の韓国詩壇を代表する一人となる。邦訳詩集に『そしてまた霧がかかった』(李孝心・宋喜復訳、書肆侃侃房、二〇一四年)。

生きている数百人の人々、修学旅行で陽気にはしゃぐ子どもたちを乗せた一隻の旅客船が沈没していく、身の毛もよだつような生々しい過程を見守った私たち。かすかな可能性と一緒に容赦なく流れ去って行った時間。その真ん中で繰り広げられた右往左往の中から発覚し、暴露され、飛び出した無能と非道と貪欲と人間の礼儀を忘れた妄言、妄動。そのすべての誤作動。乱麻《らんま》のように絡み合ったそのすべてのことを見守らなければなりませんでした。胸が潰れ、人生が潰れた父母が、気が焦り、不安に包まれた家族が、友人が、近所の人たちが、力のない国民たちが、打ちひしがれて見守らなければなりませんでした。これが国家なのかと尋ねていました。これが人間なのかと尋ねていました。これがジャーナリズムなのかと尋ねていました。国家とは何か、人間とは何か、人間の言葉とは何か、忘れていた最も根本的な質問が溢れ出ていました。

質問がため息のように虚しく空に消えてしまってはいけないと思います。浮雲になってしまってはいけないと思います。質問は地上のものです。ある日、まじまじと見る皿の上の一個のリンゴのように。

一個のリンゴが割られました。
半分のリンゴには種が見えます。
割られてはじめて見えるものなら、それは暴力的なものです。

種は死んだ人の見開いた瞳のように見えます。

死は目を閉じられなくさせるものです。

命はじっとしていられなくさせるものです。

生きている人にとっては、目も、心臓も、さし込む歯の痛みも、待つことも、詩を書くことも、瞬《またた》くのです。

半分は半分の傷です。

真っ暗な夜に鋭く光ります。

今日の夜空は、まるで夜の海のように、光を放つのがこの世で一番難しいことのようです。

夜空にどんどんと打ちつけられた星が、もし釘だったら、それは長さを測れないほど長い釘、誰の胸にも深く深く打ち込まれた釘です。

まだ、どこで夜が明けたとは言えない夜です。

それでも私たちは光を照らし、お互いに光を照らし、死んだ子どもたちを捜さなくてはなりません。なくしてはならないもの、忘れてはならないものを探しに、暗闇の中に入っていかなければなりません。

ふらつく私は、夜に書いた詩にもたれかかりました。

さあ、もう一度言ってくれ。テイレシアスよ

キム・ヨンス

キム・ヨンス

一九七〇年生まれ。作家世界文学賞、東西《トンソ》文学賞、東仁《トンイン》文学賞、大山《テサン》文学賞、黄順元《ファンスヌォン》文学賞、李箱《イサン》文学賞受賞。短編集『二十歳』『私がまだ子どもだったころ』『ぼくは幽霊作家です』『世界の果て、彼女』『四月のミ、七月のソ』、長編小説『仮面を指して歩く』『七番国道 Revisited』『グッバイ、李箱』『愛だなんて、ソニョン』『君が誰であろうと、どんなに寂しくても』『夜は歌う』『ワンダーボーイ』『波が海のさだめなら』『七年の最後』、エッセイ集『青春の文章』『旅行する権利』『私たちが過ごした瞬間』『負けないという言葉』『小説家の仕事』『いつかそのうちハッピーエンド』（共著）などがある。

〔邦訳書：『夜は歌う』『ぼくは幽霊作家です』『七年の最後』（新泉社）、『世界の果て、彼女』『ワンダーボーイ』『ニューヨーク製菓店』（クオン）、『四月のミ、七月のソ』『波が海のさだめなら』（駿河台出版社）、『皆に幸せな新年・ケイケイの名を呼んでみた』（トランスビュー）〕

最近翻訳されたエディス・グロスマンの『翻訳礼賛』を読んでいて、興味深い詩をみつけた。グロスマン自身が翻訳したニカノール・パラの「インスタント列車計画」という詩だが、内容はチリのサンティアゴとプエルトモントの間のおよそ一千キロメートルの距離を、一気に走り抜けるというより「停まり抜ける」汽車の話だ。機関車は到着駅のプエルトモントに、最後尾の車両は出発駅のサンティアゴにある、長さが一千キロメートルもある長い長い汽車で、だから汽車に乗るや否や乗客は目的地に到着することになる。ところが、このような形の乗り物に、すでに私はジョナサン・サフラン・フォアの小説『ものすごくうるさくて、ありえないほど近い』でお目にかかったことがある。その小説では汽車ではなくリムジンだった。9・11のテロで死んだお父さんの遺体を乗せたリムジンで、主人公のオスカーは運転手に、もしリムジンがものすごく長かったら、運転手は必要なくなるよねと言って、こう続ける。

「考えてみるとね、後ろの席がおじさんのママのあそこ（産道の出口）にあって、前の席がおじさんのお墓にある、信じられないほど長いリムジンだって、きっと作れるよね。おじさんの一生と同じくらい長いリムジンを」

オスカーのこの発想の原理は、ニカノール・パラのものと同じだ。だとすると、ジョナサン・

サフラン・フォアは彼の詩を読んだことがあるということだろうか。フォアの小説よりもパラの詩の方が英語に翻訳されたのが先なので、フォアがこの詩を読んで影響を受けたと推測することもできるが、そうではない可能性もかなり高い。私にも似たようなことがあった。先日、『巨人となった男の生涯』というマット・キントのグラフィックノベルを読んでいて、巨人となった父親の人生を辿る旅に出た娘の話に出会った。身体が大きくなりすぎたばかりにメディアや情報機関に追われて、自分の人生を生きることができなかった父が、最後に目撃されたのはラスベガスだった。大人になった娘は、父の最後の姿を知るために目撃者たちを訪ね歩く。そして、父は大声を張り上げて、きっと泣いていたのだろう、砂漠に向かって歩いて行ったきり、遺体も発見されていないという事実を知る。その場面はまるで私が描いたもののようだった。私が書いた小説「月に行ったコメディアン」の最後の場面に似ていたのだ。だとすると、私はあの小説を先に書いたから、彼が私の影響を受けたと言ってもよいのだろうか。もちろん、そうは言えないことを、私はよくわかっている。

もう一つ例を挙げれば、ロベルト・ボラーニョの短編集『鼻持ちならないガウチョ』に収録された最初の作品「ジム」がある。「ずっと昔、ジムという友人がいた。いままでいろんな奴に会ってきたが、彼ほど悲しそうに見えるアメリカ人はいなかった。絶望している人はたくさん見てきた。でもジムほど悲しそうな奴はいなかった」と始まる小説だ。ボラーニョのこの小説は、メキシコシティを訪ねたこのアメリカ人の詩人が、ファイヤーショーをする男に見とれてその場から一歩も動けなくなってしまった情景を描いている。ジムは（その男に）「何かもっと期待しているというように、ゆっくり九まで数えてきて、十で何が起きるか固唾をのんで待っているように、あるいはその煤けた顔から、昔の友人か自分が殺した誰かの顔を見つけたかのように」身じろぎもせず道端に立っていた。小説の中の語り手は、「どうしようというんだ。そこで焼け死ぬつもりか？」とジムに尋ねる。そして彼は、それこそがジムの望んでいることなのだと考える。

もしもその場面が現実にあったことだとすれば、それは一九七九年の春のことと考えてよいであろう。キャロル・スクレナカが書いた『レイモンド・カーヴァー――作家としての人生』（＊1）を読むと、一九七九年春休みのカーヴァーの旅行について次のような一節が出てくる。

> 大学では春学期の講義の負担を減らしてくれたが、それでも多忙な旅行のスケジュールをこなすのは大変だった。旅行には妻のギャラガーを同伴することもそうでないこともあった。春休みには、二人でメキシコシティに滞在した。レイ〔レイモンド・カーヴァー〕は「美しく、刺激的」な街だという印象を受けたが、一九八四年に書いた「メキシコシティの若き火喰い芸人たち」という詩では、わずかなペソを稼ぐために、子どもたちが口いっぱいにアルコールを含

＊1　キャロル・スクレナカ『レイモンド・カーヴァー――作家としての人生』（星野真理訳、中央公論新社、二〇一三年）参照。

んで火を吐いてみせることを嘆いている。命がけの芸を見せる子どもたちは、「一年も経たないうちに声も出なくなる」と彼は書いた。レイは、火喰い芸人たちの姿に自分を重ねたのかもしれない。

ボラーニョの小説とカーヴァーの詩は、メキシコシティの街でアルコールを口に含んで火を吹き出す芸人に見とれるアメリカ詩人が登場するという点で、互いによく似ている——ジムの妻とレイの二番目の妻ギャラガーが、ともに詩人であることも興味深い。もしもこの類似点が剽窃事件に発展して二つの作品が法廷にまで持ち込まれたとしたら、やはり二〇〇二年七月に発表されたボラーニョの小説「ジム」の方が、一九八六年の詩集『ウルトラマリン』に収録されたカーヴァーの詩「メキシコシティの若き火喰い芸人たち」に比べて不利であろう。しかし、だからといって詩を先に発表したレイモンド・カーヴァーが十六年後に出たボラーニョの小説にまったく影響を受けなかったかと言えば、それも違う。ちょっと話になりそうもないこの弁論のために証人を申請するとすれば、大勢の中から誰を呼んだらよいか、なかなかの難題だ。

一番初めに、パリ第八大学のフランス文学の教授であり、精神分析家でもあるピエール・バイヤール。彼は、『予想剽窃』という本で、まだ出版されていない未来の作品を剽窃する作家という奇抜なアイデアを披露した。彼の主張によれば、ヴォルテールは『ザディグ』という作品でシャーロック・ホームズを剽窃し、モーパッサンの『死の如く強し』はプルーストの『失われた時を求めて』を剽窃した。ここで「影響を受けた」というくらいの表現ではなく「剽窃した」と断言するわけは、後の時代の作家は前の時代の作家の影響力から逃れられないので、似てしまうことがあるのはある程度想像がつくが、その逆の場合は、影響を受けたとは言えず、はっきりと剽窃と言わざるを得ないからである。

バイヤールのこのような滑稽な主張は、「カフカの直観」についての検討を経て、一つの理論として確立する。ナチス体制が確立するのはまだ先のことで、全体主義的共産主義についての情報もなかった頃に書かれたカフカの作品は、その後の歴史に全面的に登場する全体主義的状況に苦しめられる個人の絶望的な現実を予告するものだった。文学はその時代の現実を反映するものだから、カフカが死んだ後に登場した後世の作家たちは、自分たちが身を置いたそのような現実を作品の中に盛り込んだが、その作品はよくカフカ的だと評された。後世の作家たちとしては、これはちょっと困ったことだ。なぜなら、その現実に所有権があるとすれば、そのような現実が訪れる前に死んだカフカではなく、自分たちにこそあるはずだから。それゆえ、カフカは後世の作家たちのオリジナリティを剽窃したと言わざるを得ない、というのがバイヤールの主張である。奇抜なひっくり返しの表現をしているが、自分の時代を飛び越える作家、あるいは死んだ後に認められる作家はそれほど珍しくない。バイヤールに倣って言うならば、文学史に残るような作品は、例外なく、後世の作品を予想剽窃しているという結論に達することになる。ここから、バイヤールの最も奇抜な考えが出てくる。ほかでもない、創作の苦しみについてのものだ。過去のものにのみ影響を受けるのならば、創作家たちが絶望的なまでの苦しみを感じるはずがないというのが彼の考えである。過去のものはすでに現れているのだから、一行も書けないほど絶望的になることはあり得ない。文章を書くことにそれほど絶望的になるのは、いまはまったく知ることのできない未来のものにも影響を受けるからである。すなわち「創作は、ただ過去の幽霊たちと一緒に成し遂げられるものではなく、未来の幽霊たちとも、言い換えればまだ生まれていない作家たちとも、同じように、いやもしかするとそれ以上に、一緒に成し遂げられる」。

二番目の証人は、柄谷行人になるであろう。柄谷行人は『歴史と反復』(*2)で、政治と経済の次元で起こる歴史的反復、あるいは循環について書いているが、もちろんピエール・バイヤールのような奇抜さを期待することはできない。それでも、「おそらく『ブリュメール一八日』には、一九世紀的というよりも、一九三〇年代のナチズムにおいて、あるいは一九八〇年代のポストモダニズムにおいて顕著に見られるような傾向が露出している。それは「大衆社会」の初期的なあらわれであるといってもよい。一八四八年の革命に参加した者も、マルクスがいうような「プロレタリアート」というよりも、ベンヤミンがいうような都市の群衆(大衆)であった」と書くとき、どういうわけか彼は政治的事件の予想剽窃について語っているようだ。ピエール・バイヤールのようにふざけて言うならば、マルクスが『ルイ・ボナパルトのブリュメール一八日』で扱った、一八四八年二月革命で勝ち取った普通選挙を通じてボナパルトを選んだフランスの農民たちは、二十世紀にファシスト政権を選挙で選んだ階級を予想剽窃したのである。実際、本の中で柄谷行人は、マルクスが後に出てくるフロイトの『夢判断』を「先取りした」と言い、次のように書いている。

『ブリュメール一八日』にもどって考えるならば、われわれは特に精神分析を必要としない。なぜなら、ここでマルクスは、ほとんどフロイトの『夢判断』を先取りしているからである。彼は短期間に起こった「夢」のような事態を分析している。その場合、彼が強調するのは、「夢の思想」すなわち実際の階級的利害関係ではなく、「夢の作業」すなわち、それら階級的無意識がいかにして圧縮・転移されていくかである。

バイヤールが「カフカの直観」と呼んだものを、柄谷行人は「大江健三郎の予見」と呼ぶ。彼によると、一九六〇年を背景とした大江の小説『万延元年のフットボール』に出てくる政治行動は、この作品が発表された後の一九六〇年代末の学生運動を描写したと見た方がよい。例えば、小説の中で、主人公の蜜三郎に対して弟の鷹四は、「しかも、かれらはこれに参加することで、百年を跳びこえて万延元年の一揆を追体験する昂奮を感じているんだ、これは想像力の暴動だ。蜜のようにそうした想像力を働かせる意志の無い人間には、今日、谷間でおこっていることなど

＊2　『定本柄谷行人集5　歴史と反復』(岩波書店、二〇〇四年)。

暴動でもなんでもないんだろう？」と言うが、「想像力の革命」という言葉は一九六九年に流行したもので、一九六〇年にはまだなかった概念である。一九六九年を最もよく扱える人は、一九六九年を経験した人たちだから、一九六〇年に一九六九年を「予見」した大江健三郎は、ピエール・バイヤールに倣って言うならば、一九六九年の作家たちを予想剽窃したわけである。

もちろん柄谷は、大江の予見性は「この作品が未来に対してではなく、過去に対して、特定の時点を超えようとしていたところからくる」と言い、歴史的に現れる構造の反復と具体的な内容の反復を区別するべきだと言う。それゆえ、彼とピエール・バイヤールを同一線上に置いて語るのはちょっと難しい。しかし、バイヤールのふざけた言い回しには、一回笑って終わりにするには少し心に引っかかる直観が隠れている。それは「単に時間が流れるというだけの理由で、未来の作家は過去の作家より進んでいるのか？」という質問である。この質問を拡げていくと、「時間が流れたというだけで、未来の人間は過去の人間より進んでいるのか？」あるいは「どんな場合にも未来は過去より進歩していると言えるのか？」という問いになる。

未来は、果たして過去より進歩しているのか。それは去る四月十六日、珍島《チンド》沖でセウォル号がなす術《すべ》もなく沈んだ後、私の頭から離れない疑問でもあった。沈没するセウォル号の巻き添えを食って船が転覆しないように、遠くに離れていたという海洋警察123艇が、ただ一度だけ船に近づいて直接救助したのは、その船の運航に責任のある船長をはじめとした乗務員たちだった。

自分の判断で船から脱出した人たちを除いて、じっとしていなさいという船内放送に従って客室で待っていた乗客はただの一人も救助されなかった。修学旅行の壇園《ダヌォン》高等学校の生徒たちをはじめ乗客の大部分は、船内放送の指示どおり「じっと」していた。船が傾き始める前から完全に沈んでしまった今に至るまで、事故に関係した人たちのうち、誰よりも冷静で落ち着いていて協力的だったのは、壇園高校の生徒ら乗客たちだった。それ以外の人たちは、初期救助に失敗した海洋警察も、国家改造をすると言っている大統領も、遺族はそんなに偉いのかと放言した大学教授も、そしてテレビを通じてこれらすべてを見守った人たちも、誰一人として、慌てず落ち着いてこの事態に対処できなかった。冷静で落ち着いていて協力的な人は無残にも死ぬしかない、というこの真実は、経済成長という化粧の下に隠された韓国社会の素顔なのかもしれない。この素顔と向き合うのはそれほど衝撃的というわけではない。私の知る限り、どのみち韓国社会はもともとそんな顔だった。でも、あきれたことに、あるいは迂闊にも、時間が流れるというだけでその顔がだんだん良くなると思っていたことが恥ずかしい。それは歳をとるというだけで人間が賢くなると錯覚するのと同じことだ。なぜそのような錯覚をしてしまったのだろうか。それは、進歩というものについて、私たちに考え違いがあるからなのだ。

セウォル号が沈没する過程を逐一見守ってきたので、今後同じような旅客船事故が起これば、私たちは、船長が最後まで乗客を避難させたかをまず調べるだろう。そのとき、もしも船長の姿が最後まで現れなかったとしたら、私たちはどのように推測するだろうか。おそらく、セウォル号の記憶があるので、船長は逃げたのかと疑うだろう。そう疑うのは理にかなっている。そのため、ほとんどセウォル号沈没事件を繰り返したような西海《ソヘ》フェリー号沈没事件が起きたとき、警察は船長が船を捨てて近隣の島に逃げたと考え、指名手配までしたのだ。しかし一週間ほど経ってから、この船長は遺体で発見され、したがって少なくともセウォル号の船長よりは責任感があったことが明らかになった。また、先日ラジオで聴いた西海フェリー号沈没事件の担当検事の証言によれば、海洋警察庁の対処もやはりセウォル号のときよりは良かった。つまり、西海フェリー号沈没事件はセウォル号の繰り返しだが、船長の責任感や海洋警察庁の対処に関しては、少しは良くなった事例だと言える。ところが問題は、西海フェリー号の方が時間の上では先に沈没しているという点である〔一九九三年十月十日発生、死者行方不明者二百九十二人〕。このようなとき、私たちは歴史の後退という言葉を使う。この言葉の裏には、歴史は、一時的に後退することはあっても、全体的に見れば進歩していくはずだという意味が込められている。しかし果たしてそうだろうか。大統領選挙があった二〇一二年の韓国人たちは、『ブリュメール一八日』が取り上げている一八四八年のフランスの農民たちより百六十四年分進歩した形の投票をしたと言えるだろうか。二〇一二年の韓国人たちは、父親の、それも評価の分かれる威光だけが政治的資産のほとんどすべてと言ってよい、朴《パク》槿恵《クネ》候補を選んだのではなかったのか。

果たして歴史は、時間が流れるというだけの理由で進歩するのだろうか。すでに述べたように、それは歳をとるというだけの理由で人間が賢くなると言うのと同じくらい大きな錯覚だ。人間は自然に向上するわけではなく、そんな人間の歴史もまた、時間が流れるというだけの理由では進歩しない。放っておくと人間は悪くなっていき、歴史はより悪く過去を繰り返す。すなわち、進歩の観点から見るならば、過去がより良く未来を繰り返す。それゆえ、イヴァン・イリイチは「未来は、人間を喰い荒らす邪神だよ。……人々には未来なんかない。人にあるのは希望だけだ」と言っている。自ずと進歩するのが歴史だったなら、今頃は忘却の彼方に消えていたはずのソポクレスの『オイディプス王』(†1)がいまも読まれるわけも、まさにここにある。疫病が猖獗《しょうけつ》を極めるテーバイは、二〇一四年四月の珍島体育館と彭木《ペンモク》港の情景を描写しているかのようだ。

数知れぬ死によって滅びゆく街、
その子らを嘆く者も悼む者もなく
屍は地に横たわり死をまき散らす。
妻たちや老母たちは
祭壇の基に集って嘆き悲しみ
耐えがたい苦しみよ去れと哀願する。

†1 ソポクレス『オイディプス王』(藤沢令夫訳(岩波文庫、一九六七年)、高津春繁訳(『ギリシア悲劇II ソポクレス』ちくま文庫、一九八六年)参照。以下同じ)。

救いを願う祈りの声は、哭泣する声と混じって響き渡る。

この絶対的な絶望の前で、テーバイの王オイディプスは、先王ライオスを殺害した者たちを突きとめて、死刑に処すか国を追放するまではその疫病から免れる道はないという神託を受け、先王殺害犯を捜すために盲目の予言者テイレシアスを呼ぶ。オイディプスの求めに対して、口を閉ざして真実を語ろうとしないテイレシアス。

テイレシアス　これ以上話すつもりはない。
腹をたてるなら、思う存分たてればよい。

オイディプス　よいとも。それならば怒りにまかせて、残らずわしの考えを言わせてもらおう。よく聞け。わしの考えでは、おまえは自ら手を下してはいないというだけで、この所業に加担し実行したに違いない。おまえが盲人でさえなければ、おまえ独りの仕業だと言うところだが。

テイレシアス　本気でそう言うのか？　それならば私もあなたに言おう、あなたは自分が下した命令に従って、今日からはここにいる市民にも私にも一言も話しかけてはならない。

この地を穢した不浄の者、それはあなたなのだから。

オイディプスは、テイレシアスのこの最後の言葉をどのように受け取るだろうか。誰かが、歴史は自ずと進歩するという私たちの大きな錯覚のせいで、セウォル号は二十一年前の西海フェリー号をより悪く繰り返して、西海〔黄海〕の海の底に沈んだのだと言ったなら、私たちはその言葉をどのように受け取るだろうか。よくわからないならば、もう一度、二千五百年ほど前に書かれたこの悲劇を読むしかない。オイディプスはテイレシアスのその言葉を否定する。おそらくは私たちと同じように。

オイディプス　なんとまあ図々しい、そんなことを言うとは！
それで、その身が無事に済むと思っているのか？

テイレシアス　いかにも。私に宿る真理こそが、私の力となってくれるのだ。

オイディプス　それは誰に教わったのだ？
どう考えてもおまえの術ではない。

テイレシアス　あなたからだ。あなたが無理に言わせたからだ。

オイディプス　それはどういうことだ。
もっとよくわかるようにもう一度言ってくれ。

テイレシアス　さっきはわからなかったのか？
それとももっと言わせようとしているのか？
オイディプス　はっきりとは聞き取れなかったのだ。
さあ、もう一度言ってくれ。

そこでテイレシアスは次のように言う。「あなたが捜している犯人はまさにあなただということだ」。人間は自ずと向上し、時間が流れれば歴史は進歩すると私たちが思い込んでいる限り、だんだん悪くなっていくこの世界をつくった犯人は私たち自身だと言うしかない。オイディプスの忘却と無知と錯覚はまた私たちのものでもある。だから私たちはまず、自分の失敗だけは忘れてしまう忘却、自分のことはよく知っていると考える無知、そして歳月とともに自分はだんだん良くなっていると思う錯覚から抜け出さなければならない。それがまさに、自分の力で向上する道である。私たちの忘却と無知と錯覚によって選ばれた権力には、自分を改造する権限自体がない。人間は自ら向上しなければならず、歴史はその道を歩み出した人間たちの知恵と勇気によってのみ進歩する。

目の眩んだ者たちの国家

パク・ミンギュ

パク・ミンギュ

一九六八年、蔚山《ウルサン》生まれ。中央大学校文芸創作科卒業。二〇〇三年、『地球英雄伝説』で文学トンネ作家賞、『三美スーパースターズ　最後のファンクラブ』でハンギョレ文学賞を受賞しデビュー。申東曄《シンドンヨプ》創作賞、李孝石《イヒョソク》文学賞、黄順元《ファンスヌオン》文学賞、李箱《イサン》文学賞、呉永寿《オヨンス》文学賞受賞。短編集『カステラ』『ダブル』、長編小説『ピンポン』『亡き王女のためのパヴァーヌ』などがある。

〔邦訳書：『カステラ』（クレイン）、『亡き王女のためのパヴァーヌ』（クオン）、『ピンポン』（白水社）、『三美スーパースターズ　最後のファンクラブ』（晶文社）、『ダブル　サイドA』『ダブル　サイドB』（筑摩書房）〕

乗ってはいけない船だった。

日本で十八年も運行していた古い船で、無分別な規制緩和のおかげで輸入された船だった。修理はいつでも応急措置だったし、無理な改造と増築で船の重心は高くなっていた。より多くの貨物を積むために、船体の安定に絶対的な影響を及ぼすバラスト水は大量に抜かれていた。船長は契約社員で、一等航海士と操機長は出航前日に採用された職員だった。船会社の職員の証言によると、出航直前、船員たちは出航を拒否したが、平身低頭で頼み込んで出航したそうだ。理由はわからないが、船長の様子もいつもとは違って不安そうに見えたという。セウォル号は国家保護装備に指定された船で、国内の二千トン級以上の旅客船の中で唯一、有事の際は国家情報院に優先報告をしなければならない船だった。霧が深く立ち込める夜だった。他の旅客船はすべて出港を中止したので、その夜、仁川港《インチョン》を出港した船はセウォル号だけだった。翌日、船は沈没した。予見された事故だった、沈むしかない船だったと誰もが言うが、

そんな船に乗ったからといって

死ななければならない道理は誰にもなかった。

沈没していく船から真っ先に逃げ出したのは、船長と船員たちだった。傾いていく船の周囲を回るばかりだった海洋警察123警備艇は、一度だけ接舷して彼らを乗り移らせた。乗客たちの出入り口がある船尾には行かなかった。服を着替えていたので船長たちだとわからなかったと弁解したが、接舷したのは一般人の出入りが制限されていた船首の方の操舵室だった。いや、それさえも後に嘘だとわかった。四百七十六人が乗っている船から、毛抜きをするように船員たちだけを選んで救い出したのだ。そして再び接舷することはなかった。子どもたちを含め、乗客は船の中に閉じ込められていた。じっとしていなさいという船長の命令に皆、従っていたのだ。乗客が残っていることをわかっていながら、船長も船員も、海洋警察も、脱出しなさいという一言を言わなかった。なんとか自力で船を抜け出した乗客だけが、辛うじてヘリやボートにたどり着くことができた。それは救助というより脱出だった。海洋警察は最後まで船内に進入しなかった。椅子で窓を叩く子どもたちの叫び声も無視した。そして船は海中に沈んだ。

海は穏やかだった。
だからよけいに、残酷だった。

さらに残酷なことは、そのあとに起こった。船が水面から姿を消して、一分一秒が命取りになるような状況になっても、救助は行われなかった。現場に到着した乗客の家族数百人が哀願しても、嗚咽しても、海洋警察は救助をしなかった。いや、するふりだけはした。抗議する遺族たちには嘘を言ってごまかした。決してあってはならない、あるはずもない噂だと考えられていたことが、後になって、ほとんど事実だったことが明らかになった。マスコミの報道は一日中、救出の可能性と希望を言い続けた。エアポケットとなっている場所を探して、あるいはゴールデンタイムの時間内に、政府は全力をあげて救助活動を行っているとの速報がメディアを覆い尽くした。全部嘘だった。救助隊員七百二十六人と艦艇二百六十一隻、航空機三十五機を集中投入した史上最大規模の捜索作戦を繰り広げるという記事もあった。史上最大規模の嘘だった。救助はなかった。いや、それどころか、現場を統制していた海洋警察は、ゴールデンタイムに他の機関が救助に入るのをあえて遮ることさえしたのだ。海軍も消防の救助隊も、各地から集まった民間のダイバーたちも……誰も、子どもたちを助けるために、海に飛び込むことができなかった。そのうえ、海軍参謀総長が二回も命令したのに、救難艦の統営《トンヨン》は現場に投入されなかった（この件は海洋警察がわざわざ阻止するまでのこともなかったのだが）。救助を任されたのは、ある民間業者だった。船会社と契約を結んでいて、こういうことは民間業者の方が専門だという説明があった。そうしてゴールデンタイムが過ぎていった。そして、もうこれ以上誰も救出される可能性がなくなったひと月後のある日、その問題が取り上げられると、その民間業者の役員がテレビに出てこう言った。

救助は私たちの本来の仕事ではない、私たちは船の引き揚げを行う業者だと。では、救助は誰がやることになっていたのかという質問に、

救助は国の仕事でしょう。

と、あまりにも当たり前の答えを私たちに聞かせた。それでは、いままで国は何をしていたのか。沈んだ船よりも重い疑惑が私たちにのしかかった。何もかもがおかしかった。ＡＩＳ〔自動船舶識別装置〕の航跡も、交信記録も、監視カメラも……、とにかく沈没した船に関連した記録は、なかったり、あやふやだったり、改竄されていたり、公開されなかった。いったい、なぜなのか。誰もその疑問に答えず、誰もそのわけを理解できなかった。もちろん救助は国家の義務であり、国家に対する疑惑が次々と沸き上がってきた。非道《ひど》いを通り越してあまりにも惨《むご》たらしい疑惑だった。悪魔を見たと私たちは叫び、申し訳ない、忘れはしないと泣きながら弔問の列に並んだ。これが果たして国なのか。傾いていく船の甲板に皆で立ちすくんでいるような気持ちだった。真っ先に、

船を抜け出したのは、大統領と青瓦台《せいがだい》〔大統領府〕だった。青瓦台は災害対策のコントロールタワーではないと言って早々に牽制し、この言葉は、監査院の口を通じて、あるいは国政調査の場で大統領秘書室長の口を通じて何度も繰り返された。いや、それどころか青瓦台は、テレビのニュ

ースで事故の知らせに初めて接したと言った。安全行政部状況室も国家情報院も、YTN〔韓国のニュース専門テレビ局〕のニュースを見て事故を知ったと言った。同じ時刻、私は預けた服を受け取りに行ったクリーニング店でニュースを見たが、言ってみれば、私とクリーニング店のキムさん、そしてキムさんの妻のアンさんと政府が同じレベルだという話だった。国家情報院の言ったことは嘘だったと明らかになった。そしてこれは、

実はとても奇妙な嘘だ。

世論が問題にして騒ぎ出すと、大統領は国民に対して謝罪をした。大統領は、すべてを変えると言い、今回の事故にきちんと対処できなかった最終的な責任は、大統領である自分にあると言った。そしてまるで身の潔白（青瓦台はコントロールタワーではなかったということ）を証明するかのように、最終責任ではなくまず現場の責任を負うべき海洋警察庁を解体した。そんなことをしてもいいのかと思うほど独断的で苛烈な処断だった。そして泣いた。やたらに泣いた。泣き続けるのもそう簡単なことではなかったと思うが、六月四日に地方選挙を控えていた。それでもとにかく大統領が謝罪をした以上、この悲惨な事故の真相はきっとすぐに究明されるだろうと思った。選挙に出馬した与党候補たちの叫び声も皆同じだった。頭のてっぺんからつま先まで変えます。一度だけチャンスをください。涙声で頭を下げた。

全部嘘だった。

惨敗を覚悟していた与党が選挙で予想以上の結果を収めると、状況が一変した。国会に「セウォル号沈没事故の真相究明のための」国政調査特別委員会が設けられ、調査が始まると、それに立ち塞がったのは政府だった。国会の度重なる要求にもかかわらず、青瓦台は資料提出を拒否した。青瓦台の担当者は、「資料提出をしないという指示を受けた」として、指示をしたのは誰なのかさえ最後まで明かさなかった。調査をするなということだった。青瓦台がそうなのだから、他の機関の調査への姿勢も推して知るべしだった。「あんた何様だ?」調査委員会メンバーの与党議員は遺族に声を荒げ、調査は何ひとつまともに行われなかった。新たな「いったい、なぜ?」が生まれた瞬間だった。救助に全力を挙げると言いながら、なぜ救助をしなかったのか?という質問に、

真相究明に全力を挙げると言いながら、なぜそれを妨げるのか?　という質問が追加されたのだ。いくつかの成果はあった。すでに解体が決まっていた海洋警察が提出した事故当時の青瓦台との通話記録を通じて、当時の情況を知ることができ、やっとのことで連れてきた秘書室長の口を通じて、事故があった当日、大統領の行跡に問題があるという事実が明らかになった。何より

四百七十六人が乗った船が沈没する惨事が起きたのに何の対策会議もなく、その深刻な状況が続いた七時間の間、大統領がどこにいたのか「わからない」と、秘書室長は答弁をした。その日、国はなかったという疑惑が事実になった瞬間だった。

文字どおり、国政の「調査」でしかなかったので、国政調査はそこで終わりになった。捜査権と起訴権まで含めた特別法が必要だと声があがった。あんた何様だ？　という罵声を浴び、出て行けと言われて遺族がわかったのは、救助をしなかった政府には、真実を明らかにする意思もまったくないという事実だったのだ。何よりも、もう誰も政府を信じることができなかった。捜査権と起訴権を含めるのは司法体系の根幹を揺るがすことになる、と与党はただちに反応した。大韓弁護士協会が、その主張には根拠がなく、真実の究明と再発防止のための4・16特別法を制定するよう要求したが、頑として動こうとしなかった。ある与党議員は言った。遺族に捜査権と起訴権を与えるのは、被害者に刀の柄を握らせるようなものだと。私は彼に訊きたい。では、加害者に刀の柄を握らせるべきなのかと。

公共の敵が公共であるとき
公共の敵である公共に、なんらかの嫌疑があるとき
その公共を審判できるのは

誰なのかと問いたい。

疑惑を生み、大きくしたのは政府だった。そして急にフレームが揺れ動き始めた。一族郎党までも滅ぼすという勢いで、ユ・ビョンオン一家（＊1）が取り沙汰され、結局、ユ・ビョンオンは遺体で発見された。彼の遺体については……大人としては、なんと言ったらよいか。一言、大変だったねという言葉をかけてあげたい。ただ、私はちょっと目がひりひりした。目も眩むほど過剰な報道だったからだ。祭祀の供え物として置かれた豚の頭を見ているようで、儀式とはこんなものなのかという気もした。本来、そのような事案ではまったくないはずだった。やりすぎで本筋から外れた流れはそれで収まらなかった。座り込み中の遺族たちへの攻撃が、与党議員たちの口から、マスコミやインターネットやＳＮＳ〔ソーシャル・ネットワーキング・サービス〕を通して、愛国保守団体の行動という形で、溢れ始めた。いったい、なぜ？　そのような事案ではまったくないはずなのに。とにかくこの本筋から外れたさまざまな動きを一つの流れとして見ると、政府の指向するところがわかった。

セウォル号は事故だ。

つまり「事故―補償」というフレームだ。すでに多くの議員が同じ脈絡の言葉を言い続けて、この言葉はいくつもの根を下ろしている。「誰が遊びに行って死ねと言いましたか?」「それだけ騒げばもういいだろう、事故で死んだことでなぜ政府に噛みつくんだ」「遺族とはそんなに偉いのか?」「事故の原因なら死んだユ・ビョンオンに聞いてみろ」「車に乗っていて死んだら、大統領のところに行って抗議するのか?」「セウォル号は基本的に交通事故だ」「事故は事故」……等々。私はふと、キム・ボソン(*2)のことが頭に浮かんだ。それは議員たちの自分の考えというより、誰かへの義理で言っているように感じたからだ。そうだ。

いま、誰かが
セウォル号が正真正銘の事故として片付けられることを
切望している。
もしこの国が沈没するとしたら、
それはきっと義理のために違いないと私は思う。

---

*1 兪炳彦《ユビョンオン》はセウォル号を所有する清海鎮《チョンヘジン》海運の実質的オーナー。二〇一四年四月の事故後、多額の懸賞金をつけて、背任などの容疑で長男とともに指名手配された。同年六月に畑の中で変死体が発見され、七月になって本人のものと確認された。キリスト教系の新宗教団体の牧師でもある。

*2 韓国の俳優。「ウィリ(義理)」と叫ぶテレビ・コマーシャルで話題となった。

義理というのとは少し違うかもしれないが、義理と同じように、絶対的な上下関係によって維持されている集団を、私は二つ知っている。軍隊とマフィアだ。軍隊で起きたユン一等兵事件（＊3）は、セウォル号とさまざまな共通点がある。まず、責任者〔国防部長官〕がニュースを見て事件を知ったという点、遺族の手で真実を明らかにしなければ、そのまま埋もれ去っていただろうという点、数十年間同じようなことが起きていたのに、その積弊はずっと解消されることがなかったという点。この二つの事件をきっかけに、「官フィア」〔官僚とマフィアの合成語。各種利益団体と公職者との癒着構造を指す〕、「海フィア」〔海洋水産部とマフィアの合成語〕という単語が浮上したが、私はその頂点には政権があると思う。保守は腐敗によって滅び、革新は分裂によって滅びるといわれる。しかし実際にはそれは正しくない。革新派は分裂によって滅びても、保守派は腐敗によって滅びることはない。分裂には義理は関係しないが、腐敗には義理がつきものだからだ。

　セウォル号のイメージは、実は三十年前、ある女性歌手の歌の中に初めて出てきていた。〈ああ大韓民国〉という歌だった。「空にはちぎれ雲が浮かび、川には遊覧船が浮かぶ……」、それはまさにユ・ビョンオンとセモ海運（＊4）の出発だった。そして彼はひたすら政権との義理を積み重ねていった。その義理のために、

　オデヤン事件（＊5）の真実は明らかにならず、〈ああ大韓民国〉の中で浮かんでいたその遊覧船は三十年後、セウォル号として我々の前に現れた。ここで、誰も指摘していないセウォル号に関

するキーワードを取り上げなければならない。それは「民営化」だ。セウォル号に少しでも関心がある人なら、韓国船級〔韓国の船級協会〕とか何某組合という名前を記事で見た覚えがあるだろう。事故の報道に毎度登場するこれらの団体と政府との関係を、単なる不正、癒着と見るわけにはいかない。例えば、三十年前にセモ海運の面倒を見た公務員がその後昇進し、退職を迎えたとしよう。そのとき、彼はあっさりその権益を手放そうとしただろうか。それとも何か団体を作って、自分が政府でやってきた役割を民間で代わって行う、そんな道を歩んだだろうか。あるいは、次のような例はどうだろうか。セウォル号を検査していた韓国船級は、主に退任した海洋水産部の役人たちが要職に就く非営利団体だが、経済活性化とはまったくかけ離れた「非営利」という限界を克服し、昨年、朴槿恵《パククネ》政府から「大韓民国創造経済大賞」を受賞していたとしたら……。実際、韓国船級は大韓民国創造経済大賞を受賞したが、そんな例は海運業界だけにとどまらない。政府はあらゆる部門で民営化を進めつつある。時には政府の形のまま民営化が進むこともある。例え

*3　二〇一四年四月六日、韓国軍の兵営で、二十三歳の兵士が先輩の兵長らの暴行で死亡した事件。この事件が明らかになって、兵営内でのいじめが大きな社会問題となった。

*4　セウォル号を所有する清海鎮《チョンヘジン》海運の前身会社。一九八二年、ユ・ビョンオンが設立し、一九八五年には漢《ハン》江《ガン》遊覧船事業の権利を取得するなど事業は急拡大した。

*5　一九八七年、京畿道《キョンギド》の五大洋《オデヤン》株式会社の工場で発生した集団自殺事件。会社は実質的に新宗教の信者集団だったといわれる。ユ・ビョンオンはこの事件に関連して懲役刑を受けている。

ば、政権の中枢でなんらかの政策を立てて、本来は政府が行うべき業務を特定の企業や業界団体に任せてしまったり、売却したとしたら……、また例えば、国家情報院のような国家の主要機関が、ある特定の勢力によって実は民営化されているとしたら……、考えただけでも恐ろしいことだと言わざるを得ない。

さてもう一度、セウォル号は事故だ、という命題に戻ってみよう。あまりに事故、事故と言うので、そう言ってみただけだが……。そうだ、そろそろ重なった二枚のフィルムを剝がすときが来た。セウォル号は、初めから事故と事件という二つのフレームが重なった惨事なのだ。つまり、セウォル号は、

船が沈没した「事故」であり
国家が国民を救助しなかった「事件」なのだ。

もうこの二枚のフィルムは切り離さなければならない。重なり合ったフィルムがべったりくっついて離れない場合、私たちはこれを一つのフレーム、つまり「セウォル号沈没事故」として記憶する危険が大きいからだ。大部分のメディアがいまもそう呼んでいる。それでこれといった不都合はないように見えるが、ここには誰も気づかない落とし穴がある。名詞はすべてを一緒くたにしてしまう。そして人間の無意識は、時間が経つにつれてこれを「事故」として認知してしま

うのだ。些細なようだが、これは非常に大事なことである。

事故と事件は違う。辞書を引いてみると、「事故」は不意に起こった不幸な出来事を指し、「事件」は社会的にあってはならないこと、世間から注目される思いがけない出来事という意味だ。それに加えて、事件は主に個人あるいは団体の意図によって発生するもので、犯罪や歴史的な出来事などがそう呼ばれる。そうだ。だから私たちは、交通事故を交通事件と呼ばず、殺人事件を殺人事故とは呼ばない。セウォル号事故とセウォル号事件は実はまったく別個の事案なのだ。私は後者の比重が到底比べられないほど大きいと思う。もう一度はっきりと言う。これは、

国家が
国民を
救助しなかった
「事件」なのだ。

野党がどうして「事件」という呼び方を定着させるために闘おうとしないのか、私にはわからない。それに比べて与党は努力している。必死だ。「大統領が、総力を挙げて鳥インフルエンザの拡大を阻止せよと言えば、それでコントロールタワーになるのか」「基本的にはセウォル号は交通事故だ」……私は彼らが見識や判断力が足りなくてそんなことを言っているとは思わない。

どんな反応が返ってくるかわからずに言っているのでも、なおさらない。いま、彼らは「事故」という呼び方を維持するために必死に努力している。事故、事故、事故という単語が取り上げられるほど、重なったフィルムが餅のようにくっついて離れず、事故としてのみ記憶されるようになることを、彼らはよく知っている。

一族全体を滅ぼすかのようにユ・ビョンオンを浮上させた理由もそこにある。浮上という言葉に抵抗があるという人もいるだろうが、私としては、記事に出てきた「護衛武士」という単語の方が違和感がある。高校生だった冬の日、武術ものの物語でお目にかかって以来二十七年ぶりの遭遇だった。記者たちが、用心棒とかボディーガードという単語を知らなかったとも思えないのだが……。しかし、ユ・ビョンオンは事故の責任者であって、国家が国民を救助しなかった事件の責任者ではない。事件の責任者は別にいる。遺族たちが、また多くの国民が、真実を明らかにしようとしているのはそのためだ。いま、それを政府が妨げている。いったい、なぜ。私にはその理由がわからない。

何も明らかになっていないので、誰でも知っているような一般的な話をしてみようと思う。事故と事件の関係についての話だ。まず、事故には意図がない。自然災害がそうだし、人災の場合もミスや怠慢、油断から起こるのであって、意図したわけではないからだ。意図が介入した瞬間、事故は事件になる。簡単な例を挙げてみよう。交通事故が事件に発展する最もよくある例が、ひき逃げだ。申告と救護、事後処理の「義務」を怠ったのには、明らかな「意図」が存在するからだ。国家の安全保障を何よりも重視して、愛国の道を行く人ならわかるはずだ。軍隊では脱走がどれほど重い罪なのか、戦争などの有事の際だったら、脱走がどんな処罰を受けるかを。

なぜ？
国民が国家を守るという義務を怠ったからだ。
それと同じことだ。
国家が国民を守るという義務を怠ったとき
国家はどんな処罰を受けるべきなのか？

あなたは、国民としての義務をすべて果たし
一銭も欠かさずに税金を納めてきた。
国家の安寧のためにいつも与党を支持してきた。
そんなあなたなら
一度は深く考えてみるべき問題だ。
知っている。大統領がテレビに出て
涙を流したことを知っている。

脱走兵たちも皆
涙を流す。

「意図」という重要な単語を覚えておこう。一般的な話をもう一つ付け加えるとすれば、この意図のために、事件には偽装や隠蔽、疑惑がつきものだ。『事件と実話』という雑誌が創刊されることはあり得ても、『事故と実話』という雑誌が創刊されることはない理由がそこにある。

ここでそれを指摘して本題に戻る。

海洋警察であれ、マスコミであれ、国家情報院であれ、青瓦台であれ……、いずれにしても公共の主体であるあなたたちに言いたいことがある。あなたたちは、

嘘をつきすぎた。

船が沈没したその瞬間からいままで、本当に多くの嘘をついた。何のためらいもなくついた。遺族たちが嗚咽している前でも、嘘をつくなと罵る声を聞きながらも、全国民が見守る前で国民を相手に嘘をついた（KBS「グッドモーニング大韓民国」）。すべてを変えると嘘をつき、聖域なき捜査をすると嘘をついた。救助に全力を挙げると嘘をつき、救助隊員七百二十六人と艦艇二百六

十一隻、航空機三十五機を集中投入した史上最大規模の捜索を展開するという史上最大規模の嘘をついた（聯合ニュース）。三百四人の無辜の死の前で、あなたたちは数え切れないほどたくさん嘘をついた。なぜかとは聞かない。これ以上嘘を聞きたくないから。嘘は意図からきている。いや、嘘は、それ自体が意図であり、事件なのだ。人類の歴史を通じて、これほど多くの嘘を必要とした事故の収拾はなかった。あなたたちはどんな疑惑を持たれても当然だ。ここでも世の中の一般的な話で釘を刺すならば、

事故に見せかけた事件はあっても
事件に見せかけた事故は存在しない。

もちろん例外はある。例えば、そんな事実はないのに、政府がメディアを総動員して、自国の軍艦が敵の魚雷に攻撃されたと主張する場合がそうだ（＊6）。いや、驚いたり、誤解したりしないでほしい。私が言っているのは、一九六四年にあった米国のトンキン湾事件のことだ（後日、ベトナム戦争の口実を得るための自作自演とわかった）。そんなとんでもない捏造は、歴史上極めて珍し

＊6　二〇一〇年三月に起きた韓国海軍の哨戒艦「天安《チョナン》」沈没事件について、韓国政府は北朝鮮による魚雷攻撃が原因と結論づけたが、座礁説や衝突説、機雷接触説なども根強くある。

いことであって、私が言いたいのは、一般的な意味での事故と事件の関係のことだ。実は、これは政府のために言っているのだ。私からみれば、真実が明らかになることを最も必要としているのは、遺族たちよりも、むしろあなたたちなのだ。この惨事が、

事故に見せかけた事件でないのならば。

沈んだセウォル号の中から一台のノートパソコンが見つかり、そこから、事故の一年前、国家情報院が就航前のセウォル号を細かく検査し、改善を指示した内容をまとめた文書ファイルが出てきた。セウォル号の本当の所有者が国家情報院ではないかという疑惑が生じ、国家情報院はただちにこれに答えた。その答えも嘘だった。事故で死亡したためファイル作成の経緯などは不明であると、文書作成者として国家情報院が名指しした船員は、文書作成日の後に入社していたことがわかったのだ。あなたたちは前回の大統領選挙のときも、インターネットの書き込み工作という形で選挙に介入したことが明らかになり――その渦中で軍のサイバー司令部による選挙介入も明るみに出た――、ソウル市公務員スパイ捏造事件で国家情報院長が謝罪をしたのは、セウォル号の惨事が起こるわずか一日前だった。今回の惨事でも国家情報院は、事故が起きたことはニュースで見て知ったと、また嘘をついた。本来、あなたたちにこそ真実を明らかにする責任があるはずだ。敵と対峙した状況で、与えられた重大な任務をどんなときでも間違いなく遂行しなけ

ればならない、国家の要《かなめ》となる機関なのだから。

私は恐れている。

遺族たちの断食が続いている。与党が目指す事故―補償のフレームでは、この問題を絶対に解決できない。おそらく次のフレームはセウォル号が経済の足を引っ張る、その次のフレームはセウォル号の遺族の中に不純な扇動勢力がいる、そして最後はあなたたちの秘蔵の武器、あなたたちのいつもの見当違い、つまり従北に追い込むのではないかと、私は恐れている。そういう事案ではない。選挙で勝ったからといって、まるで国民から免罪符をもらったかのように踏みつぶしてしまってよいことではないのだ。心から大統領に申し上げたい。まだあなたが知らない事実がある。あなたも間違いなくあの花のような子どもたちを救いたかっただろう。船室の隅から隅まで捜索して、ただの一人も漏らさずに救い出すよう命令したのも、そんな気持ちからだったろう。しかし、そのチャンスはあなたに与えられなかった。秘書室長の言葉どおり、誰が見ても船は思ったより早く沈んでしまった。しかし、まだすべてのチャンスがなくなってしまったわけではない。心から、心から申し上げたい。閣下、いまあなたには、

あのかわいそうな遺族たちを

救助するチャンスが
いまはまだ
まだ残っている、という言葉を。そしてこれは最後のチャンスだ。歴史があなたに与える最後のチャンスなのだ。ただの一度も真実が明らかになったことのない国でこの文章を書く。胸が痛む。締めつけられるように痛む。一人の子の父親だから、この地に根を張って生きる人間だから。そして何よりも、私たちは皆、一つの船に乗っているから。

降りられない船だ。

日本が三十六年間運航してきた船だった。私たちが自力で購入した船ではなかった。一種の戦利品だった。戦勝国の米国は、軍政を通じて船のバラスト水を調節し、船の管理は、以前から操舵室と機関室で働いてきた船員たちに任された。あるとき、彼らは勝手に片方のバラストバルブを開けてみた。バラスト水を減らせば減らすほど、船に積み込める貨物の量は増えた。積んで、積んで、さらに積んで……私たちはそれを奇跡だと思った。船はいつも統制され管理されてきた。二階の客室から三階の客室へ、そして四階の客室へと上がる階段はいつも狭くてぎゅうぎゅうだった。混雑する通路で、あるいは廊下で、私たちはいつも放送を聞いた。もっと豊かに生きよう、やればできるという放送だった。上にのぼるため、一つでも上の階に上がるために私たちは努力した。発展と繁栄は宗教になり、どうしてこんなに船が傾いているの？　と疑問の声をあげれば、従北という名の異端に追い込まれなければならなかった。私たちは、生まれながらに傾いていなければならなかった国民だ。傾いた船で生涯を過ごしてきた人間にとって、

この傾きは

安定したものだった。きちんと縛られていないコンテナのように、積み上げられた既得権、既得権、既得権。その既得権もやはり、船と同じ角度で傾いていた。船は運航を続けなければならなかった。バラスト水を抜いても、思ったより船の重心は低く安定していた。王政、植民地時代を経て、新しく出航したこの船には、訳もわからずに一番下に積み込まれた「国民」という名の貨物があったからだ。航海を続けているうちに状況が変わった。無分別な改築や増築が続き、重心は上がった。八十四パーセントの人が大学に進学する、かつてない高学歴社会となった。権力の旨みに目が眩んだ船員たちは変わらずに傾きを維持することに懸命で、欲に目が眩んだ国民たちは階数を維持しようと必死になる。当然、問題が次々と出てきたが、抜本的な修理をしたことは一度もなかった。応急措置、応急措置、応急措置、そして応急措置……そしてある日、

この船によく似た一隻の船が沈没した。傾いていくその船で、沈んでいく子どもたちが、こんなことを言った。僕の救命胴衣を着なよ……、誰も既得権を放棄しない、放棄できない傾いた船で……そんなことを言ったのだ。私は、その言葉は死んでいった子どもたちが私たちにくれた最後のチャンスだと思う。これは政治の問題でもなく、経済の問題でもない。一隻の船に乗った私たち皆の歴史の問題であり、真実の問題だと思う。私は幼い頃、エミレの鐘(*7)の音を実際に聴いたことがある。それはとても悲しい音だったが、その美しい音色と長く尾を引く余韻を聴いていると、どんな悲しみでも乗り越えられるような気がした。私たちが乗った船の未来のためにも、セウォル号という船を忘却のくず鉄の塊にしてはならない。明らかにした真実を鋳型にして大きな鐘を造り、私が聴いた音より少なくとも三百倍は大きな鐘の音といつまでも響き続ける余韻を、私たちの子孫に聴かせてあげなければならない。これは最後のチャンスだ。どんなに困難でも辛くても、私たちは目を開けなければならない。

私たちが目を開けなければ
最後まで目を閉じることのできない子どもたちがいるのだから。

＊7　新羅時代、聖徳王《ソンドクワン》の冥福を祈るために七七一年に鋳造された東洋最大規模の梵鐘。溶けた銅に人柱として少女を投げ込み完成に至ったとされ、鐘を撞くと「エミレ(お母さん)!」と響いたとの言い伝えから、エミレの鐘と称される。国立慶州博物館に展示されている。

私たちの憐れみは正午の影のように短く、私たちの羞恥心は真夜中の影のように長い

チン・ウニョン

チン・ウニョン

一九七〇年生まれ。二〇〇〇年、『文学と社会』に詩を発表してデビュー。詩集『七つの単語でできた辞書』『私たちは毎日毎日』『盗む歌』、著書『ニーチェ、永遠回帰と差異の哲学』『文学のアトポス』『つまらない』などがある。

1　その夜から、私たちは涙を流した

その日、午前も午後も私は講義の準備をしていた。『ツァラトストラかく語りき』のいくつかの段落を学生たちにどう説明したらよいのか考えて頭が痛かった。午前中、船が沈没したというニュースを聴いたが、乗客たちは全員救助されたとも報じられていたので、一日中そのことを忘れて過ごしていた。夕方、学校に特別講義に来た詩人のオウン(＊1)に会った。言葉遊びを使った詩の書き方の講義を終えたオウンと、暗くなり始めた教室の前の廊下でお茶を飲んだ。オウンは携帯電話を覗き見て、廊下よりももっと暗い顔で言った。まだ救助されていない乗客たちがいる、と。彼の表情を見て私も心配になったが、きっとすぐに救助されるだろうと思った。海洋警察がとっくに到着しているようだから大丈夫だろうと軽く考えていた。深夜零時のニュースを聴くまでは、ずっとノートパソコン上のニーチェの難解な文章の一節についてだけ考えていた。

＊1　一九八二年生まれの詩人。二〇〇二年デビュー。詩集『ホテルタセルの豚』『私たちは雰囲気を愛している』、著書『君はいま、危険なロボットだ』などがある。二〇一四年、朴寅煥《パクイヌアン》文学賞受賞。若手詩人グループ「作亂《チャンナン》」同人。

おお、わが友よ！　認識する者はかく言う。――羞恥、羞恥、羞恥、――これすなわち人類の歴史である！　と。／この故に、高貴なる者は自己を抑制して、他を羞恥せしめぬ。またこの故に、自己に命じて、あらゆる悩む者に対して羞恥を感ぜしむる。／まことに、われはかの、同情することにおいて幸福なる、憐憫ある者を好まない。彼らはあまりにも羞恥に乏しい。（……）「すべて受けることにおいて戒慎せよ！　受けることにおいて例外たれ！」――かくわれは与うべきものを有せざる人々に勧める。／われは与うる者である。友として、友によろこんで与える。されば、未知の人はた貧しき者は、わが樹より果実をみずから捥《も》ぎ取れよ。――かくすれば、われはかれらを恥じしめずして済む。／ただ、乞食《ママ》はのこらず逐《お》い払えよ！　まことに、かれらには与うるも腹立たしく、与えざるも腹立たしい（†1）。

その夜から泣き声が聞こえ始めた。乗客の家族たちが泣き、ニュースを見た人たちが泣き、ニュースを進行していたアンカーが泣き、遺族や生存者たちの支援に行った人たちが泣き、大統領が泣いた。並大抵のことでは他人のことで泣かない人たちも、朝に夕に泣いた。みんな心の底から泣いた。ある人の涙はワニの涙〔嘘泣き〕にすぎないという話もあるが、私はそうは思わない。みんな船の中に取り残された子どもたちと乗客たちを思って、耐えがたい悲しみに打ちひしがれたに違いない。彼らに対する憐みに、誰もが感電した鳥のように震えている日々。そんななかで、同情を嫌悪するニーチェのテキストを学生たちに紹介するのは辛かった。悲しむことが非難を受けることなのか。善良な悲しみを罵倒するこの哲学者が、薄情に感じられた。

2　私たちの憐みは正午の影のように短く、私たちの羞恥心は真夜中の影のように長い

ニーチェは、人間は赤い頬を持った獣であるという。人間はほかの動物とは異なり、あまりにもしばしば恥ずかしさを感じる存在だからだ。ダーウィンもやはり、『人及び動物の表情について』という本で似たような話をしている。「赤面はあらゆる表情中最も特異にしてかつ最も人間的である。猿は激情のために赤くなるが、いかなる動物でも赤面することができるということを信ぜしめるには、無数の証拠を必要とする。（……）身体に対するいかなる作用によるも赤面を生ぜしめることはできない。影響されねばならぬものは、精神である」（†2）。ニーチェやダーウィンでなくても、羞恥心が人間の根本的感情であるということを理解するのはそう難しいことではない。自尊心や矜持を持つ人ならば誰でも、それが傷つけられると羞恥心が生じるからである。ニーチェによれば、羞恥心は外的権威を慮《おもんばか》って起きる受動的な感情ではなく、むしろ自己完成を追求する人間がその矜持と名誉が満たされないとき、その欠乏を表す一種の信号となるものな

†1　ニーチェ『ツァラトストラかく語りき』〔竹山道雄訳、新潮文庫、一九五三年、上巻二〇三―二〇五頁参照〕。
†2　ダーウィン『人及び動物の表情について』〔浜中浜太郎訳、岩波文庫、一九三一年、三六〇頁参照〕。

のだ。したがって羞恥心は、自己の向上を欲する高潔な存在（der Edle）が持つ感情である。高潔な者は苦痛を受けている状況を変えられる力量が自分の中にあることを知っており、その力量をいまだ発揮できていない自分に対して恥ずかしさを感じる。

ニーチェの考え方に私たちが辟易するのは、彼の羞恥心についての主張に納得できないからではなく、高潔な者の羞恥心と善良な者の同情を対比させて、後者を執拗に非難するからだ。高潔な者と比べて、憐みの情を持った善良な者は、実は自分の力量の最小限しか使っていない。彼らは苦痛の状況をそのままにしておいて、ほんのわずかな道徳的善行を繰り返すだけだ。ニーチェはこのような道徳主義者たちを、「麻痺していて、もう力を出せない萎えた前足を持っているという理由で、自分が善良であると信じる臆病者」（†3）にすぎないと批判している。前足を上げて弱者を傷つけなかったという事実に満足するのに忙しくて、羞恥心を感じる暇がないというのだ。彼らは自分の力量を、すなわち心から行ったときにともに分け合えるものがどのくらいになるのかを知らない。

「苦痛を受けている人たちをかわいそうに思うのではなく、その苦痛の前で羞恥心を感じなさい。同情とは実に無精で図々しい感情である」。常識的な観点からは受け入れるのが容易ではない主張だ。しかし、スーザン・ソンタグもやはり似たような考えを語ったことがある。「他者が遭遇し、映像によって確認される苦しみへの想像上の接近は、遠隔の地で苦しむ者（テレビ画面でクローズアップされる）と特権的な視聴者とのつながりを示唆するが、（……）同情を感じるかぎりにおいて、われわれは苦しみを引き起こしたものの共犯者ではないと感じる。われわれの同情は、われわれの無力と同時に、われわれの無罪を主張する。そのかぎりにおいて、それは(われわれの善意にもかかわらず)たとえ当然ではあっても、無責任な反応である」(†4)。

私たちが思う存分憐れみを感じられるのは、苦痛を受ける人たちの状況に私たち自身が何の責任もないと思うときだけだ。ところがあの日以降、私たちはそう感じることができない。私たちは交通事故の死亡者をかわいそうだと思うことはできるが、それと同じようにセウォル号の犠牲者たちをかわいそうだと思うことはできない。手を尽くしようもなく死なせてしまった事故ではないからだ。私たちは十分に救えたはずの人たちを見殺しにした。多くの人たちが長い間苦しんでいる理由もそこにある。死んだ人たちがただかわいそうだからではなく、彼らが死んでしまうまでの長い時間、何もできないような、めちゃくちゃなシステムを放置していた私たち自身に対する羞恥心のために、身の毛がよだつのだ。そしてこれが、同情心に溢れ善良な顔をした政治家たちを見て多くの人があきれる理由でもある。この惨事を交通事故にたとえて言うことが許されるとすれば、みんな自分が飲酒運転で他人を殺してしまったドライバーにでもなったかのように自分を責めているのに、政治家たちだけは、まるで交通事故を目撃した通行人のように振る舞っ

†3　ニーチェ、前掲書〔前掲邦訳書、上巻二七七頁参照〕。
†4　スーザン・ソンタグ『他者の苦痛へのまなざし』〔北條文緒訳、みすず書房、二〇〇三年、一〇一—一〇二頁〕。

ている。目撃したのも神様の思し召しなので、せっかくだからちょっと良いことをしてみようというわけだ。だから事故の後、政治家たちが出してくる対応策は、どれも憐れみと施しの観点から抜け出せずにいる。かわいそうな犠牲者の家族のために適切な補償金を決め、生存者にも特別な恩恵を与えて、立派な政治家として名を残したいのだ。

船を運航した人たちと、救助を任されていた人たちと、状況を報道した人たちと、そのすべてを総括する立場にあった人たちと、その人たちを選んだのだから、きちんと監視したりおかしいことはおかしいと声をあげるべきだった私たちと、……すべての人たちの過ちが明らかになってしまった。羞恥心で顔を赤くして、惨事をもたらしたいくつも重なった過ちについて、どこまでもその原因を質し責任を問わなければならないときだ。だから、本当は羞恥心で苦しまなければならないときに、誰かがただ泣いていたという事実が問題になるのだ。素晴らしいものでも恵んであげるかのように涙を流して見せた、それが施しの観点に立っているのでないとすれば、「許してください」でも「間違っていました」でもなく、「手を貸してください」というあれほど堂々とした選挙スローガンが登場することはあり得ない。そんな人たちが、いまや黄色いリボン(*2)を見ると癇癪を起こすのも道理である。同情や憐れみは与える人の心であって、もらう人が要求できるものではない。十分に同情してあげているのに、事実を究明しなければならないとうるさく騒ぎ立てるのにはいい加減疲れたし、怒りもこみ上げてくる、というのだろう。本来は政治の出番なのに、憐れみと施しの言説が乱舞する社会、われわれのこの社会がどうして図々しいのか、私はようやくわかった気がする。百日を超えて続く惨憺とした状況を見て、やるせなくもニーチェのあの一節が理解できた。

3　あなたは私たちを天使にしてくれた

同情を憎悪して乞食《ママ》を追い出せと主張したニーチェの同類を文学の世界で探すならば、ボードレールであろう。詩人は哲学者よりはるかに乱暴で激烈だ。彼は追い出すのでは怒りが収まらないのか、乞食を殴り倒せと叫ぶ。これが『パリの憂鬱』（一八六九年）という散文詩集で詩人が繰り広げる独特な詩的教育学だ。詩人は、普通は施しを与えなければならないとされているときにも、平等の論理を提案する。施しは強者が弱者に提供するものであり、不平等な関係を前提としたときにのみ可能な行為である。施しと平等は完璧に対立する。

よく知られているように、『パリの憂鬱』の中で、飲み屋に行った詩人は帽子を差し出して物ごいをする乞食を殴り倒し、乞食が反撃に転じて逆に滅多打ちにされた後、詩人は満足した気持ちになって声をかけ、財布の金を分かち合う（†5）。詩人は「ストア派」の詭弁家のように、自ら

＊2　セウォル号沈没事故の後、乗客たちの無事の帰還を願い、犠牲者を追悼し、犠牲者家族の悲しみをともに分かち合う意味の「イエローリボン・キャンペーン」が韓国全土に広がった。

†5　ボードレール『パリの憂鬱』〔『世界詩人全集7　ボードレール詩集』佐藤朔訳、新潮社、一九六八年、二七二―二七四頁参照〕。

の学説を自ら実行しようという気持ちでそれを敢行する。すべての人間の兄弟愛を物ごいをする人に教えようというのではない。詩人は自分の中にある「行動の悪魔、闘争の悪魔」のささやきに耳を傾けて、乞食と自分の対等を立証しようとしたのだ。詩人には財布があり、乞食は物ごいをするという点で、詩人は優越しており乞食は劣等している。しかしこのような関係は、ほかの側面においてはいくらでも逆転しうる。乞食の老人は、本当は華奢な詩人より体力的に優勢なのかもしれない。老人が詩人に飛びかかっていき、詩人が老人に負わせたよりもひどい傷害を詩人に与えたと書いていることがこれを立証している。したがってこの状況は、経済的に劣等な者の自尊心を目覚めさせる教育学的状況にのみとどまらない。ここで教育の対象になるのは詩人自身でもある。「ぼくの荒療治で、彼の自尊心と生命力を取り戻してやった」というのは詩人の啓蒙主義的誇張にすぎず、本当は、治ったのは彼自身なのだ。

彼は、施しを受ける者をいつも従順な姿勢にさせている強力な施恵的道徳の安穏な保護の下でのみ、乞食に対して君臨することができる華奢な人だ。彼は、自分が本当の人間愛から他の人たちと財布を分け合うのか、あるいは社会を維持する施恵のエトスに寄生して安全な場を守っているだけなのかを自ら疑う。そこで「貧民を殴りつけよう！」という詩のタイトルとは異なり、乞食に手ひどく殴られる騒がしくて大げさなセレモニーを執り行ってから、詩人はようやく自分より体力面で優勢であることを示した乞食の老人と、すべての種類の不平等を超えた人間的連帯を宣言することができた(†6)。施恵の論理が根本的に不平等に寄与するというのは、私たちが、ある他者を私たちより劣等だと信じることによって、その他者の行動の力量を不在とみなし、彼自身にもそう信じさせてしまうというところにある。私たちは誰でも、ある点では優越し、ある点では劣等している。私たちは実は、いろいろな種類の力関係の中でさまざまなやり方で自分の力量を立証できるにもかかわらず、いま自分が置かれている不平等の場を逆転させる以外には、自分の力量を発揮する術《すべ》はないと信じてしまっている。すなわち、乞食が金持ちの地位に上るか、金持ちが乞食に転落するかしかないと考えるのだ。施恵のエトスは、こうした不平等な場の配分自体はあずかり知るところではない。あくまでも、優勢な位置を占めた人と劣勢な位置にいる人がとらねばならない望ましい姿勢を教えてくれるだけである。施す人は慈悲深く、施しを受ける人は素直に感謝して。

すべての力の関係を施恵の関係に表象させてしまう言説が乱舞するとき、私たちは、施しを行

†6　ボードレールは、規範遵守の底に敷かれている市民社会の心理的虚弱性を暴露しようとしているように見える。規範が壊れて暴力が支配するようになったとき、すべての種類の社会的強盗たちから自分を保護することができないのではないか、というホッブス的不安を点検するために、彼は乞食の老人に立ち向かう。その行動を通じて、彼が他人に同情してその生命を救い善行を施そうとするのは、暴力的自然状態を避けて道徳という社会的安全網の中にいるために行うものではないことを、事実をもって明かそうというのである。暴行の儀礼が詩の中に導入されるのはまさにこのためである。彼は、十分に殴られた後に金を自発的に分け合うことによって、自分が暴力から逃避するために人間愛を発揮するのではないということを立証するのだ。

う支配者、弱者たちを憐れんで涙を流す情け深い権力者を崇めることが最善の選択だと考えるようになる。慈悲深い支配者の反対側には、無力で保護を受けるべき、そしてそれに感謝するだけの私たちという表象が存在する。私たちが自らについて支配者と同じ表象を持っている以上、審判者の位置は私たちにふさわしくない。もちろん立場の逆転は可能である。例えば、私たちは有権者として選挙期間中は優勢でいられる。しかし、せっかく優勢な立場を与えられても、合理的な選択を行うのではなく、施しを受けていたのとは反対の表象、すなわち施しを行う場にしてしまう。

今回の地方選挙と、続く補欠選挙において、「力を貸してください」とか「助けてください」というスローガンが選挙の結果に影響を及ぼしたという話が飛び交っている。ひどく退行的な選挙スローガンだという論評が支配的だった。沈没する船の中であれほど助けてくれと叫んでいた子どもたちの必死な姿を思い出させる、そんなスローガンが戦略的に成功するはずがないという意見もあった。しかし結果的には、二つのスローガンはどちらも効果があった。選挙の結果をスローガンの効果とのみ見ることはできないだろうが、惨事の責任への審判が争点になるといわれた選挙で、そのようなスローガンが否定的効果を出さずに善戦したというだけでも、実に驚くべきことだ。しかし、そんなスローガンが成功するメカニズムをつくり出したのは、まさに私たちの社会に充満する施恵のエトスである。「力を貸してください」と「助けてください」はそんなエトスを喚起させる強力な言説である。選挙はその言説を通じて、高潔さを獲得する。私たちはただ一票を投じるだけだが、その単純な行為によって天使になることができる。惨事を前にしてどうしたらよいのかわからず、涙を流すばかりの一人の女性に力を貸し、助けてくれと哀願するもう一人の女性を救うことができる偉大な天使になるのだ。闘って、抗議して、問い質さなければならないときに、臨在し、すべてを高潔な行為にしてしまう天使は、政治を根本的に消去する。

せっかくの施す地位なのだから高潔な地位にまで格上げさせたいと願う、この神聖な儀礼への欲望を非難することはできない。めったに与えられない機会ならば、最も効果的な使い方をしたいと思うのは当然だ。助けてくれと哀願する彼女たちは、私たちに高潔な行為の機会を与えてくれる。刀を抜いて闘わなくても、血を流して殉教しなくても、私たちは選挙の場に行きさえすれば崇高な存在になる。このような神聖な欲望は、韓国の政治の現実にだけ登場するというわけではない。もしそうなら、一九三二年にブレヒトがラジオ放送劇「屠殺場の聖ヨハンナ」で、ヒロインの口を通じてこのように叫ぶことはなかっただろう。「まったく善行なんてなんのききめもなく、りっぱな心ばえなど　ハナもひっかけられないものでした！／わたしには何ひとつ変えられませんでした。／いま急いでこの世を去ってゆくわたしは／おそれずみなさんに申します、／善人として一生をおくってこの世を去ることなんか心配せずに／世を去っていくときまでに、世界のほうがいまとはちがった／善なる世界になっているように、心がけるべきです！」（†7）

†7　ブレヒト『屠殺場の聖ヨハンナ』〔岩淵達治訳、三修社、一九七九年、一三〇頁〕。

4 問うてみよ、運命と涙は答えることができない

詩人キム・スヨン(*3)が深い関心を寄せたことでも知られるロシアの詩人ボズネセンスキーは、このように書いたことがある。

問うてみよ
運命と涙は答えることができない
質問に真理がある
詩人たちは質問である(†8)

だから私たちは問わなければならない。質問の教育学、すなわち詩的教育学はどのように作動するのか？　この質問を完成するためにもう一つ質問をしよう。なぜ施恵の論理が選挙において強力な影響力を発揮するのか？

その理由は、選挙こそ施恵の論理を根本とした行動の場だからなのだ。選挙は私たちに代わって発言し行動する政治家たちを選ぶものだが、実は私たちは彼らが満足に私たちの代わりができると信じていない。助けてくれと弱者のコスプレをしてみせる政党に、そんなに弱いことでどうすると一票を投じる有権者たちは、その政党が投票後も自分たちの意思を代弁してくれるだろう

と信じて支持するのではない。選挙が、本当は自分の代理となる人を選ぶ行動ではないのであれば、それを最も直接的な行動にするやり方は、選挙自体で最も劇的な効果をもたらすことのできる選択をすることだ。選挙の中で弱者を自認する人たちを手助けすることだ。そう考えると、自分の階層的利害に反する愚かな政治的選択をしているように見える有権者たちこそ、本当は直接的政治行動の欲望に最も忠実な人たちと言えるのかもしれない。与党であれ野党であれ、かわいそうだから選んであげるという投票行為は、選挙を、自分たちの本当の代理となる者を選出するという留保の付いた選択（選んだ人たちが実際に私たちを満足に代理するかどうかは未来に留保されている）を行う場ではなく、直接的行動の喜びを最も極大化する選択の場にしていこうという試みなのだ。すなわち、当選させることによって、私たちは不確実な未来に留保されるのではない、完結した行動の喜びを味わうことができる。

もちろん、このような行動には倒錯が存在する。選挙の場は、本来、施恵の場ではないにもかかわらず、積極的行動によって施恵を感じるのは、一種の幻想にとらわれた結果だ。施恵のシーソーの一方に乗ることだけが、私たちに与えられた唯一の行動の可能性だという幻想である。こ

＊3　金洙暎《キムスヨン》（一九二一―一九六八）は、韓国現代詩史上、民主詩人の魁と称される二十世紀韓国を代表する詩人の一人。邦訳書に『金洙暎全詩集』（韓龍茂・尹大辰訳、彩流社、二〇〇九年）など。

†8　アンドレイ・ボズネセンスキー「対話」（『보즈네센스키 시선〔ボズネセンスキー詩選〕』조주관〔チョ・ジュグァン〕訳、지만지〔チマンジ〕、二〇〇九年、一〇一頁）。

の幻想が晴れない限り、高潔な選挙は続くだろう。密陽《ミリャン》送電塔反対闘争をしている八十六歳のお婆さん、キム・マレは次のように言う。「朴槿恵《パククネ》に入れたよ。母ちゃん、父ちゃんが死んでかわいそうだもの。テレビを見ていて、文在寅《ムンジェイン》（の支持率）が上がると朴槿恵が落ちるんじゃないかとえらく気が揉めて、ずっと、受かれ受かれと言っていたよ」。そう言っていたお婆さんが、今回の選挙では違う選択をした。「無所属の人。送電塔反対に手を貸してくれると言ったのに。どうして駄目だったの？　ものすごく残念」。彼女はもう、かわいそうな候補を助ける高潔な選挙はしない。それは、選挙は自分が唯一積極的になれる行動だという表象から脱け出したからだ。彼女は、からからに乾いた身体で、杖なしでは歩けないのに警官隊と対峙して腕を怪我して、何か月も匙《さじ》をまともに持てない。しかし、お婆さんには哀れで無力なだけの「被害者」の仲間はどこにもいない。送電塔の工事が急ピッチに進んでいるので、闘いは終わったのではないかというインタビュアーの言葉にこう答える。「終わったって？　まだまだだよ。電線をかける最後の最後まで闘わなきゃ。あれ（送電塔）を建てるのには三か月かかっても、取り壊すのには小半日もあればいいんだそうだよ。死ぬまで闘わなきゃ」（†9）。

　高潔な選挙に政治的意味を見いだすことができるとすれば、それは唯一、選挙にのみ収斂されるのではない政治的行動を活性化することだ。私たちは善良さにとどまるのではなく、他の行動で喜びを感じとっていく可能性を目指さなければならない。詩人が乞食にさんざんに殴られながら実践する詩的教育学は、自分と自分の社会がずっと特定の方式で（例えば「弱者」として）規定してきたある存在に対して、また別の表象方式の可能性を問い、そして自分自身に許された存在方式そのものにも疑問を投げかけるものなのだ。この二つの可能性を問うことで教育される対象は、実は詩人自身なのだ。その意味で、詩的教育学は質問を通じた一種の自己教育と言うことができる。そしてこのような自己教育の第一歩は、自分自身を含めて、どんな存在であれ、どんなに弱く見えたとしても、彼をただ無力な被害者として見るのをやめることだ。そのとき初めて、私たちは何かを始めることができ、予想もしなかったところから何かが始まる予兆をとらえることができる。被害者という形象を固定してしまうと、私たちは質問し考える代わりに、善良さという分厚い眼帯をつけて安易な答えを繰り返すことになる。だが、私たちが「無力なだけの被害者」という形象を通じて見る被害者たちは、実は、自ら真実にアプローチして事態を変えていこうと、多くの困難の中で闘いを始めている。

セウォル号の遺族たちもやはり、捜査権と起訴権を要求して自ら真実に接近する道を確保しようと闘っている。彼らの正当な闘いが「とても憐れな人」という社会的温情主義の善良さを少しでも越えてしまうと、彼らはただちに、人の死を利用して稼ごうとしていると中傷され、あるいは不穏勢力として罵倒され社会的暴力にさらされるだろう。セウォル号以降の文学は、こうした温情主義の禁止線と、情に訴え施恵の論理を反動的に利用するだけの政治が、正当な闘いを麻痺

†9 「イ・ジンスンのヨルリム――密陽《ミリャン》のお婆さんキム・マレ」(『ハンギョレ新聞』二〇一四年七月五日)。

させることができないように、苦痛を受けている人たちの表象をさまざまなやり方で亀裂させることができなければならない。涙を流して闘う人たち、ニーチェの表現を借りれば、果実を「自分の手で摘む」人たちという形象をつくり出し、さまざまな想像と質問の方式を提供する必要がある。たとえこの詩的想像は実現するのが難しいとしても、私たちが手にする想像と思惟のレンガは、「温情が施されるまでお前はおとなしく待っていなければならない」という倫理的独裁を突き崩すことができるだろう。文学は、どんなときも、政治学こそ本当の倫理学であることを立証してきた。ブレヒトは、彼の最も暗い時代（一九三八―一九四一年）に書いた詩にこのように歌った。

今回はこれで全部だ、まだ足りないだろうが。
これがきっとお前たちに教えてくれるよ、私がまだ生きているということを。
世の人に自分の家がどれほど美しかったかを見せようと
レンガを持って歩く人に、私はよく似ている(†10)。

残骸の中からレンガを一つ持ち出して、自分の家があのときどうだったのか記憶しようとする人。何が彼の家を壊したのか知りたい人。真実と勇気が生きていることを信じたい人。ブレヒトの「レンガを持って歩く人」は、光化門《クァンファムン》の前の遺族たちによく似ている。世界の嘘と怠慢が彼らの家を壊した。

†10 Bertolt Brecht, "Motto," *Bertolt Brecht Poems 1913–1956*, edited by John Willett and Ralph Manheim with the co-operation of Erich Fried, New York: Routledge, 1987, p. 347.

ファン・ジョンウン

かろうじて、人間

ファン・ジョンウン

一九七六年、ソウル生まれ。二〇〇五年、京郷《キョンヒャン》新聞新春文芸に短編小説「マザー」が当選してデビュー。韓国日報文学賞、申東曄《シンドンヨプ》文学賞、李孝石《イヒョソク》文学賞、二〇一二年、二〇一三年若い作家賞、二〇一四年若い作家賞大賞受賞。短編集『七時三十二分　象列車』『パさんの入門』『誰でもない』、長編小説『百の影』『野蛮なアリスさん』『続けてみます』などがある。

〔邦訳書：『誰でもない』『続けてみます』（晶文社）、『野蛮なアリスさん』『年年歳歳』（河出書房新社）、『ディディの傘』『百の影』（亜紀書房）〕

最初のニュースを見たとき、私はその船を思い出した。煙突に見覚えがあった。甲板の上にそびえるその黒い煙突の束を、印象深く眺めたことがある。昨年の秋、その船に乗って済州島《チェジュド》に行った。煙突が噴き出す煤煙を避けて、甲板をあちこち歩き回った記憶がある。ベッドというよりも棚のようなものが備え付けられた狭苦しい船室で、窓がないのを少し不安に感じながら眠りについた記憶があり、前後、左右と傾き続ける廊下を歩き回って奥まった場所に古い浴室を発見して驚いたことも覚えている。その船に乗って夜の海を見、月を見た。冬にはその船の記憶が登場する短編を書いた。

あの船だ。

そう思ってその短いニュースを読んだ。全員救助されたというタイトルが付いたニュースだった。

六月になって、初めて焼香場に行った。

二百九十名の遺影とその下に十四人の行方不明者の写真が置かれた明くる日だったようだ。安《アン》山《サン》に入って、焼香場の場所を知らせる白い垂れ幕に従って、ぐるっと回って花郎《ファラン》遊園地にたどり着いた。惨事の後、時間が流れ、駐車場も焼香場もがらんとしていた。署名受付の人たちは、彭《ペン》木《モク》港に残っている人たちのことを心配していた。菊の花一輪を受け取って遺影の前に進んだが、どこにどのように立ってどこを眺めればいいのかわからなかった。どの場所からもひと目では見渡せないほどたくさんの遺影だった。巨大なアルバムのように、顔と名前がえんえんと並んでいた。二か月の間、毎日毎日ただ事故のニュースだけを見て過ごしてきたが、その場に立ってみて、世の中に対する信頼をすっかりなくしてしまった自分に気がついた。

この文章を書いている今日、北上してきた台風の影響でソウルは雨が降っている。この雨は珍《チン》島《ド》を通ってきたのだろう。彭木港の捜索は今日は中断されているだろう。まだ十名が残っている。彼らを待つ人たちが彭木港に残っている。

いかがお過ごしですか。

私は、四月十六日以降言葉が折れてしまっています。話をしても、文章を書いても、目指したところにたどり着くことが難しく、とくに述語がなかなか浮かんでこない。文章を書かなくなってから長い時間が経っている。そんなとき、質問をしてみませんかという依頼を受けた。訊いてみたいことなどないけれど、と思いながら、書きますと返事をした。質問であれ何であれ、何かを言いたいという欲望自体がなくなってしまい、このままではずっと何も書けないと思ったからだった。その無力感をどうにかして乗り越えて、私が好きな小説、文章を書く生活に戻りたいという利己心があった。

質問をしてみよう、何でも。

そう決心したが、それはおそらく何も訊くことができないという内容になるだろうと思った。私は、私たちが生きているこの世界に質問が足りなくてセウォルが沈んだとは思わない。私たちはこのままで本当に大丈夫なのだろうかという質問は以前からずっとあったし、大丈夫ではないと言う人もいたし、その兆しもあったから。みんな本当は知っているのに知らないふりをしていたり、知りたくなくて頑なに知らずにきたことが、セウォルという出来事によって、ぽっかりと口を開けて露わになってしまったのだと私は考えていて、セウォルに関して何かを問いかける文章ならば、おそらくそんな内容になるだろうと思った。ところが届いた依頼書を見ると、あなたにとってセウォルとは何かを告白してみよ、という依頼である。ならば告白してみよう。どんな告白になるか。あの人たちが憎いという告白になるか。惨事の直後、世の中に向かって怒りをぶちまけた人たちを、実にずうずうしい連中だと感じたという告白に。


私はとても利己的な人間なので、私の愛する人たちが何があっても生きて帰ってくることを願っている。

彼らが死んだ後に私に残される世界、その荒寥《こうりょう》を耐え抜く自信がないので、私の愛する人たちに、あなたは何が何でも生きて帰ってこなくてはならない、と出し抜けに言ったりする。私はあなたをとても大切に思っており、あなたもそれをわかっているのだから、もしも危機が迫ってもあなたは何が何でも生きなければならない、それを忘れるな、と懇願する。どんなことをしてでも生きて帰ってこい。文字どおり、どんなことをしてでも。それくらい利己的なので、セウォルとともに沈んだ一人の高校生の最後のメッセージが、深く胸に突き刺さる。助けてというメッセージではなく、ごめんなさいというメッセージ。死を目の前にした瞬間にも、残りの人生を自分の死を背負って生き続ける父母のことを、彼女は考えたのだろう。その両親の姿が目に浮かんだのだろう。そして心配しただろう。死ぬのが怖かった以上に、胸が痛んだのだろう。それは、生きている者の勝手な想像なのかもしれない。当事者でない私がそんなことを想像してはいけないのかもしれない。でもそれを考え出すと、それしか考えられなくなる。果てしなく憂鬱になり、果てしなく落ち込むように、ただただそれを考えるしかない。

昨年秋に済州島に行くセウォルで、美しいと感じたものが二つあった。

二つとも夜の記憶で、一つ目は水平線だった。南へ向かう船から見る夜の海はさすがに寞々《ばくばく》としてどこまでも広がっていたが、遠い水平線に漁船が見えた。陸地を離れてそこまで行った船が集魚灯を眩《まばゆ》く照らして浮かび、それが南海《ナメ》に入るまでずっとつながっていた。光の点線のように、縫い目のようにつながって水平線となっていた。黒い夜に、私はその光で水平線を見分けることができた。美しいと思った。陸の上で私が眠って夢を見ている間に、海では毎晩こんなふうに拡張しては、陸に戻る船と一緒に収縮したりするのを繰り返していた……、息をするように。何よりも、この圧倒的な黒いものの上に私だけがいるのではない、あそこにも誰かがいると光で証明しているその光景が、私には美しかった。一つの点でしかない私を圧倒し沈黙させるその海とその夜が、その光のおかげで、ただ寞々として虚しく感じられるだけのものではなかったから。とても強烈な夢のように、いつでも目を閉じれば鮮明に浮かんでくる夢のようにそれが記憶に残って、私にとって夜の海はずっとそういうものであり続けるのだろうと思った。

しかし、いまでは別の夢が浮かぶ。夜、急に顔が冷たくなって、身体も心もとても疲れているのに眠れず、眠るって……どうやったら眠れるのだろう？　と空しく問うばかりの夜、あの狭苦しい船室や廊下をどうしても抜け出せなかった誰かにとって、そこがどれほど切り立った深い穴ぐらだったのかを繰り返し考える夜。そんな夜に、冴えきった意識の中で見る夢がある。目を閉じると水に浸かった船倉が見えて、その中に誰かがいて、それを見ないように目を開けて、再び閉じてまた開けることを繰り返しながら見る夢。本当の夢ではないから、夢から覚めても逃れられない夢。

いつからだったろうか、時々、恥ずかしいと思うことがある。

私は子どもは産まないつもりだから、春には桜の花を愉しみ、夏には桃を愉しみ、秋にはリンゴを愉しみ、冬には何枚も重ね着をして春を待ちながら暮らそう。いろんなことをあまり心配しないで、大切な人たちが家に帰ってきたら喜び、変わらずに彼らを迎えることのできる私に満足し、そうやって暮らそう。その時その時を大事に生きる人生、それで十分満足だと思っていたが、突然、そんな考えで生きることが恥ずかしくなった。この恥ずかしさをはっきりと意識し始めたのは今年の二月だった。母親と二人の娘が、飼っていた猫を殺して自分たちも死んでしまった部屋、その部屋の住人たちに何の夢も見られなくさせた部屋、私がずっと前に暮らしていた部屋とよく似た部屋、それを見てからだった。後ろめたさで眠れなかった。その部屋をつくったのはその部屋の外の世界であり、その部屋の住人たちを忘れ去り孤立に追い込んでいったその世界に、私も属していた。でも、私はただ、私や私の周りの人たちがもう少し幸せになることを願って生きているだけなのに、どうしてそんな気持ちに襲われなければならないのか、どうして私が後ろめたさを感じるのか。釈然としない思いが残った。恥ずかしく思いながら、釈然としなかった。

彭木港。

そこで七十日余りの間、毎日海に向かって、食膳を用意して娘が戻ってくるのを待っている男性がいた。ようやく娘が陸に上がってきたとき、人々は、よかったね、これまで毎日大変だったのだから、もう帰って休みなさいと言った。

帰るとはどこに。

日常に。

人はいつまでも悲しんでいることはできない。いつまでも惨《むご》たらしいものを抱え込んで生きることはできない。生きている人は生きていかなければ。彼は日常に戻らなければならない。それでやっと安心できるよ。忘れることができるよ。だから、さあ、日常だよ。どんな日常か。日常だったものが永久に消えてしまった日常、消えたものがあっても何も変わらずに続いていく、実におかしな日常。力を貸してくれと跪《ひざまず》いて泣く政治家たちがいる日常、彼らが臆面もなくセウォルを隠蔽し侮辱するのを見たり聞いたりしなければならない日常、真相を究明するために必要な手立てが奪われている日常、街頭に立たなければならない日常、飲まず食わずで座り込みを続ける妻を見守らなければならない日常、得体の知れない獣のような心で、断食している自分たちに向かって大量のチョコバーを投げつける人たちがいる日常。生きている人は生きていかなければならないでしょうと、いや、何より私が生きていかなければならないから、もう口をつぐみなさいと言う人たちがいる日常。夜が来るたび、あの暗い船に閉じ込められた子どもを救い出せなかったという罪責感に苛まれる日常。四月十六日、真っ暗な彭木港で、どうか私の娘をあの船から救い出してくれと叫んだときと同じ痛みが襲ってくる日常。何も理解できず、何も変わらないまま、繰り返し繰り返し襲ってくる日常。

なぜそんな日常なのか。

彼の日常がなぜそうなったのか。

彼の日常をそのようにしてしまった世界とは、どんな世界なのか。

その世界で私はどんな立場にいるのか。

セウォルは、もう後戻りできないところまで私を大人にしてしまった。私もその世界から足を抜けないと自覚するようになった。大人たちに向かって、あなたたちはどうして世界をこのようにしてしまったのですか、と訊く立場にはもう立てなくなったのだ。

私は、セウォルの船長と船員たちが乗客を脱出させせろという命令を受けていたならそうしたはずだと思う。セウォルを一旦脱出した機関士が上層部との連絡のために船に戻って携帯電話を持って出てきた、というニュースを見てそう思った。乗客たちが残っている船室の前は平気で通り過ぎたのに、命令にはただ忠実に従っていたんだと思った。自分たちよりも、数百人の乗客たちの命よりも、大きいと考えていた権力、彼らが何より大事だと考えた上層部からの命令に、あの人たちは本当に忠実だったのだと思った。それがどんな命令だったのかはわからないが、少なくとも乗客たちを急いで脱出させろという命令ではなかったのだ。あとで乗客たちを避難させる機会があると思ったという船員の陳述を、私は信じない。そんなに早く船が沈むとは思わなかったという陳述も信じない。海の怖さを誰よりもよく知っているのが船に乗る人たちではないのか。彼らはそのとき、そうしろという言葉を聞いたのだ、そしてそのとおりにしたのだ。命令に従ったのだ。傾く船室にとどまっている数百人の命に関する質問もなしに、自分がそんな行動をとっても本当に大丈夫なのかという質問もなしに。でも、この光景はなぜこんなに見慣れているのだろう。質問のない人生、想像しない人生、自分のこと以外には無関心な人生。いつもそんなふうに生きている人生、つまり毎日をできるだけ楽に生きていく人生。

これを書いている今日は、セウォルが沈んで百六十日目になる日だ。

セウォルの遺族たちは相変わらず街にいる。私たちと何も変わらない、ひょっとすると私たち自身だったかもしれない、普通に仕事をし、子どもを育てて生きてきた人たちが、夏の日差しに真っ黒に焼けて、断食で痩せ細った身体で、街で頑張っている。申し訳ないという責任者たちの謝罪が続いたが何も変わらず、七月十五日、セウォルから生きて戻った高校生たちも街に出て、安山から汝矣島《ヨイド》まで丸一日歩いたが、何も変わらなかった。そして八月七日、新政治民主連合のパク・ヨンソン議員が突然、捜査権と起訴権を放棄して特別法に合意し、九月十六日、朴槿恵《パククネ》大統領は大統領に対する侮辱が度を越していると国民に警告した。この状況が多くの人々を疲れさせている。遺族たちではなく、政治の世界が私たちを疲れさせているということを、はっきりと言っておかなければならない。惨事の当日にもそれ以降も、何もできずにただ右往左往して、真相の解明にあえて背を向けようとする政治家たちのために、私たちは疲れている。この疲労は彼らのせいであるにもかかわらず、彼らはこれを積極的に利用して、遺族と特別法を宙ぶらりんにしたまま さらなる忘却を待っているのだろう。

この文章のはじめに、私は何も訊くことがない、何も訊くことができないと書いたが、それは修正しなければならない。セウォルは、質問のない人生、無関心な人生という、私たちが選んだ生き方が引き起こし、そして、いまもなおその黒い陰を落とし続けている惨事なのだ。四月十六日に起こったというだけの事件ではなく、その日以来ずっと、巨大化していく怪物がその魔の手を伸ばして、次から次へと問題を引き起こしている惨事なのだ。誰もそれから逃れることはできない。あるいは、こう尋ねてもよい。私たちの中の誰が、自分は関係ないと言えるのか。誰が、ある日突然、日常が折れてしまい、街で真っ黒な闘士になって過ごす日々を予測して生きているのか。セウォルだけでなく、サンヨン自動車の労働者たち、龍山《ヨンサン》〔再開発反対運動〕で住居を撤去された人たち、コルト・コルテック〔整理解雇をめぐる労働争議〕の労働者たち、済州の江汀《カンジョン》〔海軍基地建設反対運動〕は、密陽《ミリャン》〔送電塔建設反対運動〕は、古里《コリ》〔原子力発電所の運転期間延長反対運動〕はどうなのか、月城《ウォルソン》〔古里と同じく原発運転延長反対運動〕はどうなのか。昨日までの仕事の場をなくし、暮らしていた空間をなくし、命をなくし、大切な人をなくして、もう永遠に戻ってこない。コンマ以下の確率であろうと十数パーセントの確率であろうと、個人にとっては常に半々の確率だ。その出来事が私に起こるか、起こらないかなのだ。そして、あの日を経ても何も変わっていないので、セウォルの惨事がまた起きる条件はいつでも全部揃っている。

　誰もこれから逃れることはできない。

　どれほど簡単なことなのか。

　希望がないと言うことは。世の中はもともとそんなものなのだから、これ以上は期待しないと言うことは。すっかりこの世界に対する信頼をなくしてしまったと言うことは。

　告白をしよう。

　四月十六日以降、私は毎日毎日、世の中がすっかり壊れてしまったと口癖のように言いながら過ごしてきた。自分の無力ゆえにすべてを諦め、あらゆることを嫌悪した。それもやはり、当事者ではない者の余裕なのだと、私は七月二十四日のソウル広場で気づいた。セウォル号が沈んで百日が経った日、安山からソウル広場まで丸一日かけて歩いてきた遺族を代表して、一人の母親が子どもに宛てた手紙を朗読した。彼女は言った。母さん、父さんは泣いてばかりいないで闘うよ。

私はそれを聞いて、ようやく自分の絶望を振り返ってみることができた。どれほど簡単にそう言っていたのか。遺族たちの日常、毎日襲ってくる苦痛の中で何度も反芻する決心、そして断食、行進、その悲痛な闘いに比べて、世の中がもう滅びてしまったと言うことが、何かを信じることがもはやできなくなったと言うことが、どれほど簡単なことか。しかし、みんな一緒に滅びてしまったのだから質問しても無駄だ、と私が考えてしまったその世の中に向かって、遺族たちは、持てる力を振り絞って質問をしていたのだ。その空間、セウォルという場所に集まった人々を、私がもう信じるのをやめてしまった世界のある片隅を、信じてみようとしていた。ならば今度は、私は何をすべきなのか。彼らの質問に応答しなければならないのではないか。この世が滅びたと思ってしまったように、私まで滅びてしまわないためにも、応答しなければならないのではないか。この文章のはじめに、信頼をなくしたと私は書いたが、もうそれも修正されなければならない。

これを書いている今日は、セウォル号が沈んで百六十一日目となる日だ。

毎日のニュースを読んでいると、病気にかかっているんだと実感する。政治の世界にも、私たちの日常にも、人を傷つけて平気でいる破廉恥が蔓延し、それで傷を負っても当たり前のようになっている世の中を私たちは生きている。傷ひとつ負わずにきっと報われるだろう、答えてくれるだろう、と思ってしまう信頼のようなものを、私は信じない。傷ついてもいい。それを耐えて、何かを信じてみること。昨年秋、済州島に行くセウォルで美しいと感じたものが二つあった。二つとも夜の記憶で、その二つ目は、船上の文化祭が開かれた夜の甲板で、オカリナの公演が始まった瞬間のことだった。最初の曲の〈島の家の赤ちゃん〉が演奏される直前、すべての照明が消えて、突然、私は完全な夜の闇の中に立っていた。頭の上にとても小さな月が浮かんでいるだけだったが、私の前に立つ人の後ろ姿が見えた。その前に立つ人の後ろ姿も見え、その前の人の後ろ姿も、さらにその前の人の後ろ姿も見えた。甲板に集まっている人たちが月の光を受けて立っていた。かすかな月の光でも、はっきりと彼らの輪郭が見えた。船が進む方向に向かって立っているその後ろ姿が美しかった。

よく似たものを七月二十四日のソウル広場で見た。

安山を出発したセウォルの遺族たちが一日歩いてソウル広場にたどり着いたとき、広場に集まって彼らを待っていた数万の人たちが立ち上がって拍手を始めた。誰かが促したのでもなかった。二百人余りの遺族たちが皆、席に着くまで拍手はやまず、少なくとも私の目に届く範囲では、遺族よりも先に座る人はいなかった。夜の一番縁《ふち》でその後ろ姿を見た。街の中で肘《ひじ》をぶつけ合うようにしながら、それぞれ心から拍手を送った人たち。その後ろ姿が、あの夜の海で見た、光の点線がつくる水平線と同じだ、とそのとき私は思った。圧倒的な黒いものの上にセウォルがただ寞々と浮かんでいないようにすること。その肘の間隔が、その光景が、とても美しいと思ってしまったということを、最後に告白しなければならない。その点々とした美しさを信じる。だから、応答しなければならない。

至急返信を求む。

誰が答えるのか？

ペ・ミョンフン

ペ・ミョンフン

一九七八年生まれ。二〇〇五年、科学技術創作文芸公募に短編小説が当選し、デビュー。二〇一〇年、若い作家賞受賞。連作小説集『タワー』『総統閣下』、短編集『こんにちは、人工存在！』『芸術と重力加速度』、中編小説『求婚』『窯型スタイル』、長編小説『神の軌道』『隠匿』『おいしい店爆撃』『はじめのひと息』、童話『キイキイのとても重大な任務』などがある。

〔邦訳書：『タワー』（河出書房新社）、「チャカタパの熱望で」（『最後のライオニ　韓国パンデミックSF小説集』河出書房新社）〕

◉コロンビア号事故調査報告書

コロンビア号事故調査委員会が作成した報告書を読むのが好きだ。二〇〇三年、スペースシャトル・コロンビア号が任務を終えて地球に帰還する途中、翼が過熱して空中爆発した事故についての調査報告書である。

宇宙で起こる事故はたいてい残酷だ。映画『ゼロ・グラビティ』を見た人ならわかるだろうが、宇宙空間では事故の収拾に使える資源があまりない。根本的にすべてのものが極めて稀薄だからだ。空気もなく、人もおらず、文明もなく、道具もない。燃料も常に最小限だ。地球の重力を相殺するためにマッハ25の速度を維持しなければならないので、宇宙にあるものはどれも皆危険だ。だから勉強すればするほど、おとなしく地球にいるのが一番良いと思ってしまう。何年か前、どこかのデパートのイベントで宇宙旅行が賞品になったことがあるそうだが、当選者が宇宙旅行はやめにして全部商品券で受け取ると言ったという話を聞いて、うなずいた。宇宙旅行は本当に危険な遊びだ。

コロンビア号事故調査報告書は、そんな過酷な環境で起こった最も悲惨な事故の一つに関する報告書だ。それでもこの本は面白い。事故の原因を詳細に探るために、委員会はスペースシャトル打ち上げに至るすべての過程を一つひとつ再点検したが、その作業を通じて、事故がなかったら私たちには知り得なかった興味深い事実が、一目瞭然に整理されて一般に公開された。シャトルの部品がどこで生産され、どんな経路を辿って移動し、組み立てられるのか、打ち上げはどんな過程を経て最終的に決定されるのか、打ち上げから着陸までの間のさまざまな判断はどんな職責の誰がどんな権限を持って行うのかなど、スペースシャトルの運行、管理に関するあらゆる知識がぎっしり詰め込まれている。この分野を勉強してみたいと思っている人なら、当然面白いに決まっているのだが、そんな報告書をあえて「好きだ」と言うのはなぜか後ろめたさを感じてしまう。

「戦争を勉強するのが好きだ」と言うときも、似たような気持ちになることがある。今年〔二〇一四年〕、百周年を迎える第一次世界大戦に関する話は、勉強すればするほど面白いところがたくさん見つかる素材だ。十九世紀が終わり二十世紀が始まった、まさに世紀の谷間。当時生きていた人たちさえも戸惑わずにはいられなかった歴史の亀裂が姿を現し、それが徐々に縫い合わされて、いま私たちが当然だと思って生きている現代社会のいくつかの重要なルールに育っていくプロセスには、戦争の残酷さは別問題として、人を惹きつけずにはおかない何かがある。堂々と好きだと言うのは難しいにしても。

四月初めに小説を一編書き終えて、その文章をもう少し客観的に見られるようになるまで寝かせておこうと、仕事と言えるほどのことは何もしないで何日かを過ごした。小説は、ついて行くだけで精一杯というほど、目まぐるしく移り変わる私たちの社会の断面のいくつかを切り取って描いていて、とくに、突然消えて永久に戻ってくることのない都市景観への感傷が重要なポイントになるので、「二〇一四年四月」と日付を入れて「作者の言葉」を書いておいた。本の刊行はまだ先なので、読者の手に届く頃には、本の内容のいくつかは歴史の裏道に消えているかもしれないと思ったからだ。

セウォル号のニュースが聞こえてきたのは、その何日か後だった。全員救助という話も一緒に伝わってきたので、その日ツイッターには、ＰＭ２・５〔微小粒子状物質〕に気をつけろと関係ない話を書き込んだのを覚えている。そしてその日、そのとんでもないことが起こっていたのだ。その日から新聞やテレビは事件の報道で溢れ返ったが、一方では、あまりの衝撃に誰もが口を閉ざしているしかない事件だった。言葉にするのが実に難しい事件だった。

四月の末には、依頼を受けた原稿を、何回も書いては消すことを繰り返した末に結局パソコンから外に出すことができず、締め切りの目前になってから、まったく別の文章を新たに書いてなんとか間に合わせたりもした。そして当分の間は、この事件について書こうなどと思うのはやめて、静かに見守ることにした。どんな形であれ、興味の対象として掘り下げるには、この事件はまだあまりにも近くにありすぎた。

幸い、何人かの心あるジャーナリストたちが、彼らにとっては当たり前のことだろうが、自分たちの役割を果たしてくれたおかげで、彼らが開けてくれた小さな穴を通して、このとんでもない事件が徐々にその本当の姿を現し始めた。ただ真実だけを求める日々が過ぎていくなかで、不用意な発言はできないという考えはさらに固まっていった。でも、「セウォル号以降」について文章を書いてくれという原稿依頼を受けると、志願入隊でもするように、躊躇することなく宿題を受け取ってしまった。

◉取り戻せないもの

そうはいっても、気をつけて扱わなければならないテーマであることに変わりはない。セウォル号以降もう取り戻せなくなった変化について、どのように考えていけばよいのだろうか。とりあえず思い浮かんだのは、後で状況が変わったら直せばいいと考えて「二〇一四年四月」と書き入れた「作者の言葉」は、もう直すことができなくなってしまったということだ。セウォル号の以前と以後とでは、まったく別の意味を持つ時間になってしまったのだから。

そうは言ってみたが、私はやはり、セウォル号は私たちが初めて目にした事態というわけではなく、すでに相当程度進行してきたあることの結果なのだと信じている。私たちの共同体がどこかおかしくなっているという信号は以前からあって、その兆候はいろいろな所に姿を現していたのだ。問題だとちょっと言ったら活動の舞台を干されてしまったアイドル歌手の話のような些細なこと、社会がそんな事件を扱っていたやり方。「誰だって大変なんだよ。自分でなんとかしなきゃ。この子たちは何でもないことをいつまでもぶつぶつ言うね」と言って通り過ぎていった数々の小さな事件。

そんな小さな兆候だけでなく、その意味をきちんと考えておかなければならない事件もずっと続いていた。具体的に、こんなとんでもない事故が起きると予測するのは難しかったにしても、大きな惨事が相次いでいるのは誰もがわかっていた。事故の規模がどんどん大きくなっていったのに、感覚はだんだん鈍くなって、その階段がどんな扉に向かっているのかを考えるのが、きっと面倒くさかっただけなのだ。再び大きな惨事が起きるのは、十分推測が可能なことだった。

しかし、セウォル号が投げかけた衝撃は、そんな予想をはるかに越えていた。「何か間違っているとは思っていたけれど、まさかこれほどまでとんでもなく壊れていたとは」。この国の民主主義はすでに遠くに流され、いまはもう、民主主義とは似て非なる体制に移行しつつあるとは思っていたが、国家の基本的な機能さえ果たせないほど無能になっているとは、ついぞ知らなかったのだ。

そしていま、四月に書いてはみたもののそのまま放っておいた文章を再び取り出してみる。この事故によって露わになった私たちの社会の断面に関する話だ。何か自分の考えを述べることより、見守ることがずっと大事だったときに頭に浮かんだ考えだった。

世界を構成する要素同士の関係は、動力学的な関係のこともあるが、静力学的な関係のこともある。それぞれの速度で動いている物体が衝突する様子を観察することで状況を把握するのも有用だが、動かずにじっと建っている建物の、屋根の重さを支える柱と、力は受けずにただ空間を隔てているだけの壁の違いのように、何事も起こらない平穏な状態で作用している力学を理解することも大事なのだ。

思いもよらない事故は社会を理解するのに役に立つことがある。家が壊れれば、人々はその事故を通して、事故の前その家がどのようにして建っていたのかに気づくことになる。もちろん専門家なら、家を壊さなくても平常の状態で建っている静力学的構造を理解することができる。しかし、そんな能力はない大部分の人にとっては、平常状態を壊したときの方が理解しやすい。

だから何かを書いてみようという気持ちが生まれたのだろう。私でも状況を理解できるようになったし、何より、誰でも共感できる根拠がよく見えるところに置かれていたから。

話は以下のように続く予定だった。政治学の教科書に出てくる相互依存に関する思考実験の話だ。

無人島に閉じ込められた二人がいる。一人は服を作ることができ、一人はパンを作ることができる。二人の関係が平和なとき、彼らはそれぞれパンと服を作って仲良く交換する。ならばここにはいかなる力学関係もないのか。そうではない。二人の関係性にねじれが生じたとたんに、その平和な状態を支えていた二つの柱に妙な力学関係が作用していたということが露見する。服は着なくても生きていられるが、パンは食べないわけにいかない。パンを作る人が関係を壊さないだろうかと、服を作る人が気を揉んでいる関係。それが、事故のない「平和な状態」の本質なのだ。それは思考実験の上だけの話ではない。コロンビア号の事故調査報告書や、その前に起こったチャレンジャー号の事故調査報告書も、事故の前の宇宙船の「平和な状態」がどのようなものだったのかを教えてくれる実例だ。ほかにも、例を挙げ出したらきりがない。

問題は、そうやって把握した問題の程度だ。アメリカの場合、スペースシャトルのシステムを完全に再検討して古いスペースシャトルをすべて退役させたのち、次世代宇宙船開発を続けるという修正がなされた。では、私たちの場合はどうか。セウォル号によって明らかになった私たちの社会の問題は、そのように何かを改善すれば解決できるというレベルのものなのだろうか。話が先に進めなくなるのは、まさにこの最も肝心なところからなのだ。

◉プラスペンの行方

最初に戻って、もう一つ別の話をしてみたい。

私は二十代の三年間を空軍で行政将校として過ごした。政治学が専攻だったため、年齢に似合わない立場で行政実務を見たことは貴重な経験だったが、その中でとくに印象に残っているのは、黒いプラスペン〔水性インクを用いたフェルトペンで、韓国で広く使われている〕にまつわる話だ。

どこの職場でもよくあることのようだが、共用で使う消耗品の筆記具がどこへ行ったのかわからず消えてしまう。私が直接担当していたわけではないが、当時、私たちの事務室では部隊全体で使うプラスペンをまとめて購入していた。ある日気づいたのだが、プラスペンがなくなったので追加が欲しいという依頼があまりにも多いのだ。部隊の全員がそれで小説でも書いているのならともかく、信じられないほどたくさんのプラスペンが消えたことが不思議で、私たちの事務室ではどうかと思って調べてみると、やはり同じようにプラスペンがどこかに蒸発していた。

誰の仕業なのかまったく見当もつかなかったが、ある日、大隊長に呼ばれて「部屋にプラスペンが増えすぎて困っている。持って行ってくれ」と命じられた。果たして、大隊長の机上の鉛筆立てには、黒いペンがもう一本も立てる隙間がないほどびっしり詰まっていた。「みんな、決裁をもらいに来るたびに置いていく。返してくれと言いづらくて置きっぱなしにするのだろう」。

何年か後、小説家になって書いた短編「緑の鉛筆」は、この逸話をもとにした話だった。事務室の生態系の中で、プラスペンという魚が権力の回流に乗って上の方へ上の方へと流れていく。そうやってずっと流れていって、権力の頂点にいる人の鉛筆立てに集まったプラスペンは、まるで樹齢五百年の大木のような太さになっている。短編集『タワー』では、筆記具の役回りを、名節(*1)の挨拶用に回り続ける洋酒に代えてみた。洋酒瓶が動く経路を追跡すると、権力の回流を読むことができるだろうと想像したのだ。六百七十四階建ての建物の中でその回流が権力のヒエラルキーを形成する。個人がどんな考えを持って行動しようが、その行動は、権力の言語で再解釈されてしまう歪んだ空間がつくられる。足のないプラスペンがまるで泳ぐように権力の回流に乗って動いていくのは、そんな空間の歪曲現象のために違いない。

ところが、このたとえ話をセウォル号以降の韓国社会に適用するのは簡単ではない。いま考えてみると、上に行くほど多くのペンが差さっているという想像は、昔ながらの典型的な組織構造の社会だから可能な発想だったのかもしれない。軍隊という組織では、少なくとも私の経験したプラスペンが使われるような日常業務に関しては、責任の所在は明らかに指揮ラインに従って上の方へ収斂されることになっていたから。しかし、セウォル号事故直後から現在に至るまで繰り返される権力者たちのメッセージは、この構造をはっきりと否定する。

「青瓦台はコントロールタワーではない」

「緑の鉛筆」式に解釈すると、この言葉は大隊長の鉛筆立てにプラスペンは差さっていなかったということになる。そうだとすると、私たちの共同体を説明する現実的な静力学構造の話は、このように変わるべきではないか。大隊の全部署に配られていたはずのプラスペンは大隊長の机でも見つからず、その行方を突き止められないまま軍隊を後にしたが、その後どこの組織に行っても、やはりプラスペンが跡も残さずに蒸発してしまうのを目撃して、首をひねる男の話に。主人公はおそらくこう絶叫することになるだろう。

＊1　韓国の伝統的な節日。二大名節として、旧暦一月一日の旧正月（ソルラル）と八月十五日の秋夕（チュソク）がある。

「だったら、あのプラスペンはみんなどこへ行ったというのか。誰かが食べたとでもいうのか！」

そんな話は無視してもよい細かなことのようだが、小説の展開には意外に大きな影響を及ぼしたりする。こんな小説を書くとしよう。ある集団の陰謀を知った主人公が、さまざまな困難、妨害をくぐり抜けてやっと決定的な証拠を摑んで世の中に公開するという話。しかし、世の中に公開することですべてが解決するというのは、真実が力を発揮する先進国での話であって、最近の韓国社会ではそれは通用しない。そのため小説家は、証拠を公開した後のストーリーをかなりのページを費やして書き足さなくてはならない。そうしないと、「リアリティを無視した小説のための小説」とか「ナイーブな世界観」というような批判を覚悟しておかなくてはならない。

もちろん、小説家の苦労が増えることがこの問題の本質というわけではない。問題は、小説を非現実的だと感じさせてしまうような新しい常識が生まれたということだ。取り戻せない変化とはそういうことではないのか。少なくとも人々の言う変化とはそんなものだ。「これからは、国は私たちの生命と安全を保障してはくれない」、「もう自力で生き残っていくしかないというメッセージだ」。

私たちの正常で平和な日常は、実はそんな姿にデザインされるようになっていた。私たちの人生を支えていた静力学は、いつのまにか脆弱になっていた。

そのデザインは、思った以上に私たちの日常のあらゆる場面に広がっている。だから衝撃的なのだ。セウォル号事故は、ひょっとすると私たち一人ひとりと無関係ではないのかもしれず、それだけではなく、私たちみんながこの事故に少しずつ責任を負わなければいけないのかもしれないと感じるのは、そのせいなのだろう。セウォル号が露わにした韓国社会の奇怪な断面は、実は私たちみんなにとってあまりにも見慣れた場面なのだ。

◉私はよくわかりません

五月のある日、夜遅く帰宅した友人が、マンションのカードキーを部屋の中に置いたままだったことに気づいた。よく思い出せないパスワードを何度も何度も入力しては失敗し、ロック装置が作動した状況。警備室に行ってどうしたらよいか尋ねると、こんな答えが返ってきた。「よくわかりません」。やむを得ず他の場所で一晩世話になり、翌朝、マンションの管理事務所に電話をした。そしてもう一度同じ言葉を聞かなければならなかった。

「よくわかりません。こちらに連絡してみてください」

言われたところに電話をすると、またこんな答えが返ってきた。

「こちらではなく、この番号に電話してみてください」

些細な話だが、私たちは同じような場面をどれだけ経験していることか。挙げ出したらきりがない。

問題になるのは、平常な状況ではなく事故が起きた状況だ。マニュアルに出ていない状況、いつもと違う状況に置かれた客がいつもと違うことを訊いてきたとき、経験と裁量のない従業員がどれだけ責任ある受け答えができるか。一般的な状況ならば、経験豊富な人でも、たったいまマニュアルを習っただけの人でも、まったく同じようにきちんと対応することができる。しかし、平常ではない状況が生じたときは大きな違いが出る。本当の部品と外見だけは同じに見える実《じつ》のない部品では、いざというときに発揮できる性能はまったく違う。

もちろん私たちの社会には、責任感をもって自分の守備範囲をしっかりと守る人たちがまだたくさんいる。責任というと公務員が思い浮かぶが、公務員でなくとも、それぞれの肩書きに応じた責任感をもって自分の仕事をしている人はあちこちにいる。しかし問題は、その割合が減っているように見えることだ。昔よりもずっとそれらしい制服を身に着けて、立派な肩書きが書かれた名刺を持っていても、実際にその人ができることはマニュアルに出ている範囲だけという場合がますます増えているのが問題なのだ。

だからといって、彼らに問題提起ができるはずもない。ファストフード店のアルバイトたちに複雑な要求をすることができるか。ユニフォームを身に着け、直立の姿勢で客をもてなしているが、店と未来をともにする人たちではない。いつでも代替可能な消耗品のような店員たちに、心からのサービスを要求することができるか。

「よくわかりません」という答えは、単なる弁解ではないのかもしれない。彼らには本当に権限がない。彼らは本当に知らない。それが私たちの社会の静力学なのだ。屋根を支える柱の多くが、まったく荷重に耐えられない偽物の柱に代替されているということ。マニュアルどおりに回る平常時の状況しか処理できない部品に、非常の際にも、特別な状況にも、責任をもって処理しなければならない本来の部品の代わりをさせてしまうこと。そして本来の性能を持つ正規品をほっぽり出し、侮辱し、排除してしまうこと。

それは代替されている柱の過ちではない。「いまどきの会社組織なんてそんなものだよ」と笑い飛ばして済ませる問題でもない。何かの政策に失敗して私たちの国、私たちの共同体がたまたまそうなってしまったというわけでもなく、それは明らかに、誰かが費用節減など具体的な目標を達成するために意識的に努力を傾注して得た成功の結果なのだ。そしてその人は明らかに十分なボーナスをせしめただろう。あるいは超高速昇進をしたとか。

◉質問に答える人

依頼された中で最も難しい原稿の執筆に、躊躇することもなく応じてしまったのは、それが理由だったのかもしれない。正解を出せと言うのではなく、この状況に、果たして私たちはどんな質問を投げかけたらよいのか、意見を聞きたいという企画の言葉。その「質問を投げかけてくれ」という言葉から、あの言葉がふと思い浮かんだのだ。「私はよくわかりません。それにお答えするのは私の担当ではありません」（もちろん、企画者たちにそんなことが念頭にあったはずはないが）。

世の中は神の怒りを鎮める義人十人(*2)がいないから滅亡するのではないだろう。質問に答えるべき立場にいる人たちが、するりと場所を変えて質問する人の席に座る瞬間に、世の中は崩壊するのだ。

日常が崩壊し、マニュアルに出てこない具体的な状況が現実に亀裂を起こす。その亀裂は質問となって、最も近くにいる誰かに向かって飛んでいく。「どうすればよいのでしょう?」わからないという答えが返ってくる。よくあることだ。質問のプラスペンが責任の回流に乗って次の枡《ます》に遡っていくだけだ。そこでもまた、わからないという答えが返ってくるかもしれない。それでもよい。プラスペンは見た目より泳ぎがうまいから。そうして一枡、また一枡。亀裂が大きくなっていき、崩壊した世の中の破片が足もとまでころころと転がってくる。そろそろ、少し脅威を感じるようになった瞬間。プラスペンが十本ほど立っている鉛筆立て。その机の前に座った人。彼に尋ねる。「どうしたらよいのでしょう?」

そのとき、世の中を救うのは誰だろうか。質問を投げかける人か、それとも質問に答えるその誰かなのか。正解は見つからないかもしれず、自信のある態度で客を安心させることができないかもしれない。でも、懸命に答えを探している、そして少しは有能なその誰かが机の前に座っていてくれたら、それだけでも少しは安心できるのではないか。そして、それで問題がなんとか片付くのであれば、少々のたらい回しぐらいは、「組織なんてそんなものですよ」と舌打ちして背を向けていても問題はないだろう。しかしいま、私たちの共同体が置かれた状況は、そんな水準も羨まなければならないところまできてしまった。

事故の後、初めての選挙が近づくと、十万本のプラスペンを持っているはずの人たちが、街頭で一人デモを真似てこんなことを言ったりした。

「手を貸してください。ちょっとペンを貸してください」

私たちはこの状況を心配しなければならない。

◉各自、自分で生き残ること

しかし、質問に答える人を一人つくり出すことはそんなにたやすいことではない。責任などなくても、薄給でも、期待されている以上に仕事をこなす人をプロフェッショナルと呼ぶことがあるが、それが本当のプロフェッショナルというものなのか。そして何より、私たちの共同体は、そういう限られた人たちの犠牲的な使命感だけで維持できるほど小さかったのか。

だからこの問題の解決の道は、個人の覚悟からではなく、社会を変えることから見いださなければならないと思う。仕事を担当する個人個人が、責任逃れで弁解だらけの対応を多少改めたからといって、人々の日常を破壊する世の中の仕組みが急に変わるわけではないから。そうは言っ

＊2　罪悪の充満したソドムとゴモラの街は、十人の義人すら持たなかったために、神によって滅亡させられたという、旧約聖書「創世記」の中の逸話。義人とは、神と出会い、神によって義とされた人のこと。

ても、本稿で私に与えられた個人のレベルの話に限って言うとすれば、私が最も強く感じるのは、なんだかんだ言っても、とりあえず一人ひとりがもう少し性能の良い部品にならなければならないということだ。

社会の歯車になって決められたレールの上を走るだけの人生は惨めだ、とは昔からよくいわれるが、その歯車が、性能の落ちる見かけ倒しの歯車になっているという事実を悟るのは、また別の意味で衝撃的なことだ。そんな見かけだけの部品があまりにも増えており、もっともっと増えていくに違いないこれからのことを考えると。

友人のJの悩みが頭に浮かんだ。誰にも負けないほどまじめで勉強が好きなJがロースクールに入った。弁護士になるためだった。その後の人生を通して自ら証明しているが、社会に貢献するという自分の夢を果たすには弁護士の資格が有用だからだと言っていた。ある日、Jは試験のストレスについて話した。訝《いぶか》しく思った。試験のストレスなど問題になる人ではなかったから。問題は彼が競争に圧倒的に強いということだった。誰かがうまくいけばほかの誰かが落伍しなければならない競争体系の中で、人を蹴落としてまでは生きないと決心した人の気持ちは揺れ動く。その気になれば誰よりもうまく適応できる競争機械。ところが彼は競争が嫌いなのだ。

世の中は本当に逆説的だ。競争をうまくやれそうな人たちが「もう競争をしなくてもいい社会に変えよう！」と叫び、本当に競争になったらすぐ倒れそうな人たちが「アカたちが何を言っているんだ、自由競争が最高だ！」と彼らを罵倒したりする。「お前は生きていけるからそんなことを言っていられるんだ。こっちは目の前の問題だけで精一杯だ」と叱責の声をいつも聞かされていると、共同体の利益のために自分も少しは犠牲を払おうという覚悟がぐらついてしまったりする。

それぞれ自分で生き残れという信号はここでも発見される。セウォル号以前からそんな兆候はあったのだ。

「そんなことは気にしないで、あなたは決められたことだけをきちんとやっていればよい」。具体的な状況に直面したなかではこの言葉は重く響き、確かにそのとおりだという気持ちになってしまう。共同体のためを思うということは、それくらい難しくて厄介なことだ。それでも黙々とそれをやり遂げる人がいる。世間の無理解という葛藤を抱えながら共同体の利益を常に考えて、自分の肩書きに合った性能を発揮できるよう、体力をすり減らしながら最善を尽くす。

そういう人たちの悩みを聞くと、私はそんなことはしなくていいと忠告する。それぞれ生き残ることが優先だ。とりあえずはそれが何より重要だと。セウォル号以降も同じだろう。誰かが代わりにあなたの人生に責任を持ってはくれないのだから、とりあえずは長く持ちこたえることが大事なのではないかと。それでも、彼らが尊敬に値するように見えるのは事実だ。少なくとも絶対に愚かには見えない。そんなことをするなと言ってはみるが、彼が本当に目を輝かせてそれを貫こうというのなら、態度を変えて、それは本当に素晴らしいことだと言ってあげる用意くらいはできている。

そういう彼らがいて、私たちはいまの状況をなんとか耐えている。「耐えること」についてだけ彼らの助けを借りているのではない。彼らは「私たち」という言葉自体を支えている。彼らがいなければ、私がこの文章で「私たちの共同体」という言葉を使うことさえおかしなことになってしまう。

ところが、そんな人たちがだんだん減っている。尊敬を受けられず、沈黙を強いられている。こうして「私たち」が消えていく。

◉私たちを救う人

一九六七年に結ばれた宇宙条約の一節が好きだ。「宇宙で事故が発生した場合、すべての当事国は、遭難した宇宙飛行士をその国籍にかかわらず人類共通の使節とみなし（astronauts shall be regarded as the envoys of mankind）、救助のためのあらゆる措置をとること」。韓国も加入した条約だが、現実的には当時熾烈に対立していたアメリカとソ連の間で想定されるような事態である。その言葉が実際にどれほど守られたかはわからないが、私はその言葉に込められた人間愛を愛する。

管轄区域など決められていない空間で起きた事故。誰もが、手に持ったプラスペンで重要な書類に直接サインをして、ただちに救助に向かわなければならない。

しかしその前に、私たちはまずこの質問に答えなければならない。

「誰が質問に答えるのか？」

そうしてはじめて、私たちは希望を抱くことができるだろう。私たちがあなたを救いに行けると。手遅れにならないうちに、私たちが私たちを救出できると。

そして、この質問に対して小説家はどんな使い道があるのか考えてみる。誰でも考えられそうな話を長く引きのばして書くこと以外に、どんな効用を期待することができるのだろうか。それでもどこかには答えがあるだろう。少なくともこの仕事は、プラスペンが一本、目の前を通り過ぎるとき、手を伸ばしてそれを摑もうとする力くらいは与えることができるのではないかと、期待してみる。

ファン・ジョンヨン

国家災難時代の民主的想像力

ファン・ジョンヨン

一九六〇年生まれ。文芸評論家、季刊『文学トンネ』編集委員。米コロンビア大学とシカゴ大学で教鞭をとり、現在、東国《トングク》大学校国文科教授。ソチョン批評文学賞、パルボン批評文学賞、現代文学賞などを受賞。著書に『下品なことのカーニバル』『放蕩者のための批評』『新羅の発見』(共著)、訳書に『現代文学文化批評用語辞典』、編著に『古都の近代』『文学と科学I〜II』などがある。

すべての韓国人がセウォル号沈没事故の衝撃に打ちのめされていた〔二〇一四年〕五月の最初の週、KBS〔韓国放送公社〕は「あなたが大韓民国です」という年間キャンペーン放送の一環として、事故でかけがえのないものを失った同胞に憐れみと同情を感じている韓国の人々の映像を放送した。焦燥と不安の只中にいる行方不明者あるいは死亡者の家族を思い起こさせる、海を背景とした何人かの男女の写真で始まるその映像は、弔問の列に加わりともに悲しむ老若男女を次に映し出し、続いて珍島《チンド》沖で捜索と救助の活動にあたる男たちと、彼らを手伝って懸命に救護活動を行う女たちへと移動する。救助活動の現場でボランティアとして活動する中年の男女の情に満ちた発言を紹介する山場になると、韓国人は誰もが、子どもを亡くした父母と心は一つだというメッセージが表示される。そして、映像を通じて共同体のイメージをわかりやすく浮かび上がらせる二分二十秒の間、そのバックにはイム・ヒョンジュ(*1)が歌う〈千の風になって〉がずっと流れる。死んだ人の魂が彼の死を哀悼する人たちに告げるという形で、自分は死滅したのではない、むしろ

*1　一九八六年生まれの男性歌手、ポペラ・テナー。一九九八年、十二歳で歌手デビュー。二〇〇三年にポペラ・テナーとしてもデビューし、世界的に活躍している。

自由な存在になったと宣言する歌だ。歌詞の中では、「私は千の風、千の風になりました。あの広い空の上を自由に飛んでいます」（＊2）というフレーズが繰り返される。ヘ長調、四分の四拍子、アンダンテのテンポで流れるその歌曲風な歌は、協和音中心の典型的な長調のメロディ構造でできているため、ある種の純真性を喚起する。イム・ヒョンジュはあの独特の中性的な美声を響かせて、まるで幼い子どもの無垢な霊魂が発声するように歌う。しかし、この歌がセウォル号に乗船していた高校生たちの死とどんな関係があるというのか、あまりにも不明瞭なので当惑してしまう。肉体を離れて自由を得た霊魂という観念が、高校生たちの霊魂にとって少しでも慰めになるだろうと考えるのは、そして彼らの家族と友人たちの苦痛を少しでも緩和してあげられるだろうと考えるのは、事態の本質の前では無邪気と言ってもあまりにも無邪気すぎる、という非難を免れるのは難しい。彼らの死は、そのようなありふれた慰霊のポーズを受け入れはしない。生きている人たちに向かって、どこまでも自らを審問して、処罰するように求めているのだ。

〈千の風になって〉という歌は、多くの人が知っているとおり、もともと日本で作られた。新井満という作曲家が妻と死別した彼の友人の心を慰めようと二〇〇一年に作り、初めは彼の友人と一部の知人たちだけのものだったが、だんだん多くの人たちに知られるようになった。二〇〇五年、宝塚歌劇団が阪神・淡路大震災十周年を迎えて開催したチャリティコンサートの曲目の一つに選び、二〇〇六年十二月のＮＨＫ紅白歌合戦でテノール歌手の秋川雅史が熱唱して以降、爆発的な人気を得て、二〇〇七年にクラシック楽曲としては初めてオリコンシングルチャートの首位に立った。この曲は、いまや日本人が最も好きな「うた」の一つとなっており、日本の著名な声楽家たちはもちろん、日本市場に進出した世界の大衆音楽のスターたちも好んで演奏している。この曲の歌詞は「私のお墓の前で泣かないでください（Do Not Stand at My Grave and Weep）」という英詩の翻訳である。〈千の風になって〉という歌のタイトルは、詩の第三行「私は無数に吹く風（I am a thousand winds that blow）」からとっている。作者不明のまま追悼用としてよく使われていたこの詩は、一九九五年の北アイルランド爆弾テロで息子を亡くした父親が、英BBCラジオに出演して息子を追慕して朗読したことで有名になり、二〇〇一年の9・11テロ事件で父親を亡くした十一歳の少女が、一年後の追悼式で朗読して再び話題となった。この詩の作者は、メアリー・エリザベス・フライというアメリカ人女性で、一九三〇年代の初め頃、友人の哀痛な話にインスピレーションを得て、初めて作ったのがこの詩だった。ユダヤ系ドイツ人のその友人は、故郷のドイツに残してきた母親が亡くなったと知らせを受けても、ユダヤ人迫害の嵐が吹き荒れていて、母のお墓に行って泣くこともできないと、自分の境遇を嘆いたのだという。

「私のお墓の前で泣かないでください」というこの詩は、四歩格〔英語詩の韻律の一つで、一本の詩行が四つの詩脚から成る〕の強弱のリズムと脚韻を持つ（現在最も広く知られているバージョンでは）十二行の定型詩で、構成が単純で語調はあくまでも穏やかである。そして人種や国籍など世俗的な制約の一切から解放されること

＊2 本文中の〈千の風になって〉の歌詞は、韓国語歌詞による。

を願う人の心に、また四季の移ろいや夜昼の交代の中に小さな自然の驚異を見つけて感動する人の心に、素朴に訴える。詩の中で話者となっている霊魂は、自分が死んでおらず、「無数に吹く風」に、あるいは「雪の上のダイヤモンドの光」「実った穀物を照らす日差し」「秋の柔らかな雨足」のような、永遠に続く自然の現象の一つになったことを語る。この変身する霊魂は、行くあてのない地上の流浪ではなく、救済された存在の自由を表している。しかし、この救済のビジョンは、〈千の風になって〉をBGMに用いて制作されたKBSのキャンペーン番組からはほとんど見えない。それは韓国人の世俗的な集合的自我についての番組制作者の確信に遮られている。隊列をなして哀悼と救援にあたる多くの男女の姿を映し出し、遭難者とその家族をまるで一つの家族のように助けているという集団イメージを提示したその番組は、最終的に、同情と協力が韓国人の国民的同一性であることを信じるように、さらにその同一性によって自分を定義し、それに誇りを持つように視聴者を誘導する。一つの心という韓国人のイメージのシークエンスの後、画面には荘重な宣言のテンポで分節された一行の文章が浮かぶ。「痛みをともにするあなた、あなたが大韓民国です」。この国民意識鼓吹のための呼びかけは、すべての露骨なイデオロギー的工作がそうであるように、嫌悪を感じさせないではおかない。セウォル号の惨事以降、韓国人であるということが恥ずべき人類学的な事実になってしまった状況ではなおさらだ。

セウォル号の沈没は、一九八〇年の光州《クァンジュ》事件(*3)以降の最悪の惨事と言っても過言ではないほど私たち皆にとって衝撃的だったが、精神的に健康な人ならば、韓国で起こり得ないことが起こったとは誰も思わないだろう。運航中に転覆事故が起こると、乗客を避難させようともせずに真っ先に脱出して、三百人余りの乗客を溺死させたセウォル号の船長と部下の船員たちの悪行は、別に珍しいことではない。二〇〇三年二月、大邱《テグ》の地下鉄中央路《チュンアンノ》駅で列車に乗っていた一人の男性乗客の放火で火災が発生したとき、ちょうどホームの反対側に到着した別の列車の運転士は、乗客の安全のための処置を何もとらないまま列車のマスターキーを抜いて一人で逃げてしまった。そのため、その列車では初めに火災が発生した列車よりも多くの人命が失われたのだ。そうかと思えば、一九九九年六月、京畿道華城郡《キョンギドファソン》のシーランド青少年修練院に四十人余りの子どもたちを連れて行った幼稚園の教師たちは、コンテナを積み上げただけの修練院の建物に火災が起ると、合宿中の子どもたちをそのまま置いて逃げ出し、結局子どもたちの半数近くが命を落とした。しかし、こうした韓国で起こった大型の人災は、ただ担当者の個人的な過ちだけに原因があるようなケースは少ない。セウォル号の惨事は、韓国で続いてきた道理に外れた行いが積み重なってもたらされた人災の典型なのだ。セウォル号の所有会社である清海鎮《チョンヘジン》海運は、日本で二十年近く使われてきた老朽船を買い入れ、少しでも多くの旅客と貨物を積むため、運航の安全を損なう改造もためらわず、経費節減のため資質も訓練も足りない人たちを船員として雇って、会社の収益

＊3　一九八〇年五月、全斗煥《チョンドゥファン》将軍らクーデターで軍部の実権を掌握した若手勢力が戒厳令の全国拡大を宣布し、民主化運動を弾圧。これに対して光州市で始まった大規模な民主化要求デモを戒厳軍が武力で鎮圧し、多数の死傷者を出した。

のために不正運航を繰り返した。政府を代行して船舶の安全に関する検査業務を受け持っている韓国船級は、無理な増築を重ねたセウォル号が営業に使われるのを許可し、沿岸海上における人命と財産の保護義務を共有する韓国海運組合、海洋警察、海洋水産部のうち、どこもセウォル号の違法運航に警告や制裁を行ったことがない。そのうえ、清海鎮海運が全斗煥《チョンドゥファン》政権との癒着を通じて事業を広げてきた資産家ユ・ビョンオンの所有という事実が明るみに出て、沿岸旅客運送事業は政府の官僚と民間事業家が結託して特権と利益を占有する官民癒着の汚職の温床と化しているのではないかとの疑惑が大きくなり、セウォル号沈没は貪欲と非理が手を組んだ、極めて韓国的な災難なのではないかという心証も固まっていった。

しかしセウォル号が沈没して以降、私たちが衝撃を受けたのは、船長と船員の破廉恥な職務放棄や、清海鎮海運の違法な利潤追求、海洋水産部をはじめとする関係官民機関の癒着の実態のためだけではない。それに負けず劣らず、いやそれ以上に、事故発生以降の人命救助に責任のある政府機関とその職員たちのあきれた振る舞いのためだ。報道によると、海洋警察は事故の最初の段階から適切な対処ができなかった。海洋警察庁傘下の珍島海洋交通管制センターのレーダー画面には、管轄海域を航行中だったセウォル号の異常を知らせるサインが三十秒以上表示されていたのに、誰もそれに気づかなかった。セウォル号の船員が間違えて済州《チェジュ》管制センターに送った遭難通報は、十分ほど経ってから珍島管制センターに届けられたが、管制センターではセウォル号と交信した三十分の間に船がひどく傾いて乗客の生命が危ないことを認知したのに、退船命令を出すよう船長に指示しなかった。また、五百人近い乗員乗客の乗った大型旅客船セウォル号の遭難現場に出動した海洋警察の警備艇はたった一隻だけで、救助作業が行われたのは四十五分間に過ぎず、一度たりとも乗客の大部分が残っていた船内への進入は行われなかった。海軍は、セウォル号が完全に沈没するまで、事故海域のどこにも姿が見えなかった。政府レベルの対処もまた無能と安逸の極致だった。事故対応のための非常指揮機構として安全行政部長官をトップに中央災難安全対策本部が発足したが、効果的な救難体制を樹立するどころか生存者の数さえろくに把握できなかった。関係各部署がそれぞれ対策本部を立てる混乱の中で、政府の中央対策本部は、国の総力を挙げて捜索と救助を行うのではなく、オンディーヌという民間海洋救難業者に独占的営業権を与えた海洋警察の疑問だらけの決定を追認し、救助活動を任せてしまった。一方、政府の高位官僚たちの振る舞いは、彼らが信任するに足る人たちではないのではないかという疑いを確信に変えてしまった。国家と国民の安全に対する最高責任部署である安全行政部のカン・ビョンギュ長官は、事故の発生直後に警察学校の行事に出席して儀式の余興を見ていたし、ソン・ヨンチョル局長は、事故現場に設けられた現地本部の死亡者リストの前で記念写真を撮ろうとした。セウォル号の惨事以降、すべての国民が世代を問わず韓国という国家に絶望を通り越してあきれ果てていると報じられたが、それはまさしく当然の反応だと言うしかない。

犠牲者たちへの哀悼が国内各地はもとより海外でも続いている一方で、事故の真相を究明せよという要求も噴出している。五月中旬現在、検警合同捜査本部は清海鎮海運の調査を終えて、セウォル号の乗務員や運航の責任者たちを起訴し、検察はユ・ビョンオンとその一家の非理を立証するための捜査を進行中だ。セウォル号惨事の責任を、船の運航会社の社員やその社主に問うのは当然だ。しかし、惨事の原因が一つの海運業者だけにあるとは誰も考えないはずだ。その業者の非理と悪徳は、韓国社会全般に蔓延した私利私欲主義の一つの表れにすぎず、その堕落した道徳的風潮の根源は大韓民国という国家にある。朴正熙《パクチョンヒ》以降の歴代政府は、一人当たり国民総生産という経済成長のパラダイムを絶対視して、私利私欲に狂奔した企業家たちに度外れた特恵を与え、彼らを国家の英雄にすることさえ躊躇しなかった。生産から消費に至るあらゆる領域を企業の利潤のための市場体制のもとに再編し、社会のすべての組織から自律性を剥奪して企業経営原理を強制した。とりわけ歴代政府による国家主導の経済開発戦略のもとで、政治家集団、官僚集団、企業家集団は、国家の権威を利用して自らの特権を強化し、自分の利益を増大させるための謀略と談合を繰り返し、それが慣行となって、結局は国家を非理の温床にしてしまったのだ。

二十一世紀国家の特徴の一つは、国家と社会の関係、つまり国家の社会への適応の仕方にあると言われる。政治共同体の統治は、かつてのように国家とその行為者の独占的業務ではなく、さまざまな層位の国家行為者とその社会的パートナーの間の協議のもとで進められる。いわゆる協治(governance)と呼ばれる新しい形式の統治である。しかし韓国の場合は、協治の成長は、韓国社会が発展を続け、単一な中央集権的権威ではもはや管理が難しくなったことの反映とだけみることはできない。歴代の開発主義政権が温存させた政経癒着の構造が固定化して、さらに悪質化する段階に至ったという信号でもあるのだ。セウォル号事件をきっかけに表面化した海運業界、海洋警察、海洋水産部の間の怪しい関係は、ひょっとすると野合的協治の例示なのかもしれない。

誰もが、国民の生命を救う能力も意思もない政府に本当に驚愕を禁じ得なかった。朴槿恵《パククネ》大統領の責任を問い、退陣を要求する声も現れている。しかし政府の首班だけが変わっても、セウォル号の惨事のような災難が再発しないと信じるのは難しい。私たちは特定の政権の正当性について疑う以上に、国家という統治形式の正当性について疑わなければならない。国家は果たして民主政治の要求を充足させるのに適合した形式なのか。国家の権威は果たして市井に生きる人々が共生することと両立できるのか。国家は果たしてほかのどの共同体よりも強い忠誠を要求する資格があるのか。私たちの社会は、何でも国家が統制する時代を長く過ごしてきて、国家の権威に順応するように制度と慣行をつくり、国家イデオロギーに依存して社会の願望と目標を設定するのが当たり前となってきた。しかし、人々の相互扶助と互恵の体制の構築という理想が国家によって実現するだろうという期待は、韓国が開発主義路線を邁進して資本主義世界体制の半周辺部に進入して以降、錯覚であることが明らかになった。国家はむしろ、韓国社会のすべての領域に弱肉強食の構造をつくり上げ、韓国人の日常生活の中に災難の因子を撒き散らした主役であった。国家は相互扶助と互恵の理想に逆行した。そう考えると、セウォル号事故の被害者家族が待機している体育館で、一人でラーメンを食べたソ・ナムス教育部長官の行為は示唆的だ。食事は人の生物的必要を充足させるための手段であるだけではなく、人と人との社交のための手段でもある。

どの社会でも、食べ物の共有は親しい関係をつくり出し、食べ物の共有の拒否はそれと反対に隔絶と敵対の明示となる。人々が一緒にテーブルを囲み、ともにする食事は、人種、階級、ジェンダー、年齢の違いを越えて、人々の間に友好関係をつくってくれる。その関係は人々の平等主義的なつながりの土台となる。一つの膳を囲むという意味の「兼床《キョムサン》」という韓国語は、人と人との距離をなくし序列を取り払うという、食事をともにすることの人間関係の水平化の機能をはっきりと示している。被害者の家族が呻《うめ》き、嗚咽し、祈っている場所で、ソ・ナムス長官がたった一人でテーブルを占め、ラーメンを食べた行為から感じ取れるのは、まさにそのような共有と平等の倫理をまったく気にかけない厚かましさだ。それは国家の厚かましさと言ってもよい。

人々の共存(being-togetherness)は、政治という行為を発生させた原因であると同時に、政治の目的を規定する利益と価値の尺度である。政治哲学の常識は、出自や階級の違いを越えて、すべての人が共存できる条件を創出するための努力に政治の本来的意義があるという認識から出発する。古代中国で郡主は、彼自身や自分の親族のためではなく、彼がかかわる社会圏域のすべての人のために統治しなければならないと考えられていた。天下為公《てんかいこう》という言葉で表現されたその統治が目標とするところは、その言葉が記録された『礼記《らいき》』の「礼運」篇にあるように、人間社会の大同実現、すなわち普遍的共同性の実現だった。古代ギリシャ人は、政治的組織をつくる人間の能力は、家庭を中心とする自然的結合と違っているだけではなく、それと対立するものと考えていた。アリストテレスの言う政治的生活とは、家庭生活の経済的必然に束縛されるのではなく、その必然から解放されようとする欲望がもたらす暴力に依存するのでもない、世界の中の自由を追求する行為を意味した。昔も今も、公の領域とはまず国家のことだ。しかし、公と私は別個の社会的領域に固定されているのではなく、その両者の区別についての争論と妥協こそ、実は政治の役割なのだ。現代政治はその主要な課題の中に、公の領域を政治的、経済的特権階級の独断から解放しようとする努力、特権階級の私利私欲から公共の資源を保護しようとする努力を含んでいる。現代民主政治の核心は、人々の共通の必要と願望に基づいて公共性を定義し具現化する作業だといえる。「公的」な生活についての現代の認識を大きく進展させたハンナ・アーレントは、大衆民主主義は「公」の古典的理想に適合するどころかむしろ反するものだと考えた。しかし、公の領域は人工的事物の世界であると正当な主張を繰り広げた『人間の条件』の中のある段落で彼女は、その世界が民主的で流動的な共通性が出現する場所だということを、興味深いことに、テーブルの比喩を挙げて述べている。「世界の中に共生するというのは、本質的には、ちょうど、テーブルがその周りに座っている人々の真ん中に位置しているように、事物の世界がそれを共有している人々の真ん中にあるということを意味する。つまり、世界は、すべての介在者（in-between）と同じように、人々を結びつけると同時に人々を分離させている」（＊4）。

人々の真ん中に置かれたテーブルのうち、人々の共同性をつくり出し育むのに何よりも役立つ

＊4　ハンナ・アレント『人間の条件』（志水速雄訳、ちくま学芸文庫、一九九四年、七八―七九頁参照）。

のは食事用テーブルだ。前述したように、多数の人が一つのテーブルに円座してする食事は、彼らの社会的距離を縮め、序列をなくし、彼らの間に友情と信頼を育ててくれる。ともにする食事は、生物的、社会的必要から行われる日常的行為でありながら、それだけで人々に共同所属の感覚を育ててくれるのだ。外部から硬直した同一性を押しつける必要などない。誰かが主張したように、合席会食（commensality）は共有協生（communing）と通じる。アーレントには申し訳ないが、人間共通の最も身近な必要を充足するための共通の行為から、民族的共同性のための政治的想像力が成長するのだ。これは、農村共同体の文化的要素が色濃く残る韓国社会の一角では少しも奇抜な考えではない。現代韓国の作家たちが下層階級をリアルに再現しようと書いた作品では、そうした人々の間に存在する会食—共生のエートスについての観察がしばしば見られる。例えば、ファン・ソギョン(＊5)の短編「豚の夢」だ。この小説の背景となっているソウルの街はずれは、より良い生活を求めて田舎から出てきた人たちが集まって暮らす貧窮地区だ。町の人たちは工場で働くか、古物の回収や街頭での行商などでなんとかやりくりして暮らしていたが、近くの工場が垂れ流す排水や、山と積まれた廃品やごみで環境は汚染され、地域開発の名目で撤去も迫られている。一九六〇年代後半の経済開発がつくり出した貧民街の典型のようなこの町の住人たちは、ある日の夕方、町の空き地に集まって、住民のカンさんが昼間廃品回収に行ってもらってきた死んだシェパードを、田舎の伏日《ポンナル》(＊6)の風習に従って調理して、皆で分け合って食べる。小説は、語り手を替えながら、カンさんの妻の連れ子の兄妹が遭遇する苦難を追って展開する。妹のミスンはごろつきとの間にできたお腹の子どもを父親なしに育てなければならず、彼女の兄クノは工場の機械を扱っていて誤って指を三本失くしたところだ。しかし、カンさん一家やその近所の人たちの暮らしは、窮迫してはいても決して悲劇的ではない。クノが会社から労災の補償で受け取った金を出してくれて、ミスンが別の町の男やもめに嫁ぐことになって終わるこの小説は、貧民社会がどれほど生活が厳しくても、決して貪吏《どんり》と詐欺の巣窟にはさせないという共生のエートスを伝えている。小説の最後で語り手は、宴が開かれた空き地には「不思議な活気がいっぱいに溢れているようだった」と私たちに教えてくれる。

「豚の夢」が発表された一九七〇年代は、朴正煕大統領の下で、長年の輸出促進政策による国内産業振興の成果をもとに、各地で経済開発を盛んに推し進めている真っ只中だった。長く続いた朴正煕政権時代の中でも特筆される場面として、セマウル運動(*7)が提唱され、浦項《ポハン》製鉄工場の

＊5 黄皙暎《ファンソギョン》は一九四三年生まれの小説家。一九六二年デビュー。社会の底辺層の人生を描き、韓国で広く知られている人気作家の一人。一九七〇年代から八〇年代にかけて民主化運動に携わり、一九八九年には北朝鮮を訪問したことで反共法違反に問われ、欧米へ亡命。一九九三年に帰国後、五年間服役している。『客地 ほか五篇』『武器の影』『張吉山』『懐かしの庭』『客人』『パリデギ――脱北少女の物語』など邦訳作品も多い。

＊6 夏の暑さの厳しい時期に、暑気払いとして滋養食を食べる日のこと。七月から八月の間の庚の日で、初伏、中伏、末伏の三日ある。

＊7 一九七〇年代に韓国の農漁村で展開された社会経済革新運動。「新しい村づくり」の意。

着工、京釜《キョンブ》高速道路全面開通などが華々しく報じられた。当時は、政治参与のための言葉の闘技場、すなわち公論の領域は政府によって掌握されていた。もう少し正確に言うと、政府はKBSをはじめとする公共マスコミを握り、民間の言論・放送には厳しい統制を加えて、自ら権威を振りかざして輿論をリードし、社会の隅々にまで及ぶ強力な公衆をつくり上げた。大統領は、演説や談話を通じて自身の近代主義的、開発主義的イデオロギーを宣伝するだけでなく、国家の権威を高め、国民の一体感を醸成するような公論をつくり出すうえでも指導的役割を果たした。ファン・ソギョンの「豚の夢」は、そんな国家主義的、開発主義的な議論が社会を覆いつくそうとしているなかで、一九七〇年代に文壇の一角で起こった、公論の領域を複数化しようとした試みの一つである。政府が統制する公論領域に接近することさえできなかった従属的な社会集団——日雇い労働者、貧民女性、ホームレスなど——に属する人たちが、公論による自分たちに対する一方的な規定と解釈に抵抗し、拒否して、自分たちの人生の実情を自ら語り、自分たちを主語化—主体化しようとする。そうした点からみれば、この作品は下位者対抗公衆《サバルタン・カウンターパブリック》(subaltern counter-public)の創出を目指したものとみなしてよいだろう。今日の読者の中で、「豚の夢」に描かれたような都市の街はずれで自分たちの階級の縮図を見たり、その貧窮から自分の人生をイメージする人は少ないだろう。そんな話は、韓国社会が歴史の中に押し込めてしまった時代の裏話のように思えるかもしれない。しかし、KBSの「あなたが大韓民国です」キャンペーンが示すように、統治に都合のよいように社会的統一性を演出し、上演する国家本位の議論、公論は依然として強力である。資本主義的、開発主義的国家が私たちの社会に引き起こす災難から私たちと私たちの子孫を救済する義務は、少しも古びていない。互いに平等でともに自由な社会のための想像は、少しも古びてはいない。

キム・ホンジュン

じゃあ今度は何を歌おうか？

キム・ホンジュン
一九七一年生まれ。社会学者、文芸評論家。ソウル大学校社会学科、同大学院卒業。パリ社会科学高等研究院（EHESS）博士課程卒業。現在、ソウル大学校社会学科教授。著書に『心の社会学』『九十九パーセントのための住居』（共著）『俗物と剰余』（共著）『社会学的破像力』がある。

長い間、人前で歌を歌わなければならないときは、いつも〈渡れない河〉を歌ってきた。焼酎を飲むときも、ビールを飲むときも、逃げられなくなるとそれを歌った。聴くのにいい歌と歌うのにいい歌は違うようだ。いろんな歌を愛好してきた履歴がないわけではないが、他人の前に立って声ひとつで自分をさらけ出さなければならないきまりの悪い瞬間にいつも選んだ歌は、〈渡れない河〉だった。オム・イノの訥々《とつとつ》としていながら揺るぎのないギター演奏をバックに、ハン・ヨンエ（＊1）の真似のできない神がかった声色で噴射されるように出てくる歌の歌詞は、ご存知の方はご存知だろうが、いかにも憂鬱なものだ。「手を伸ばせば届きそうな、すぐそこにお前はいるのに。いつからか私たちの間に流れる河。もう渡れないよ……」。断絶を丁寧に確認するこの言葉は、しかしまだ完璧な絶望や孤独には届かないまま、一種独特のロマンを漂わせている。どちらかというと楽天的なブルースのリズムが、想像上に浮かび上がる風景を、油絵ではなく、水彩画的な雰囲気で染めているためだろう。ナイフに絵の具を載せて何回か塗り重ねると出てくる臭いのような、分厚くて深い悔恨の感情ではなく、のどかな春の日、落ち葉を顔に受けながら

＊1　一九五五年生まれ。「韓国のジャニス・ジョプリン」とも称される実力派歌手。

別れも一瞬だと心を決め、別離の悲痛に染まっていく自分から自らを軽やかに切り離す、例えば、古代歌謡「公無渡河歌《コンムドハガ》」(＊2)の白髪狂夫の妻のそれと同じきっぱりとした軽さがその中にある。どんなに私たちの間に河が流れ、お前とはもう会えないと強弁してみても、お前と私は決して別れるはずがないと、私の中のより深いところにでんと腰をすえて、それをさせまいとしている心の片鱗がそこにある。この歌を好んで歌うようになったのは、偶然のきっかけからだった。大学一年のある酒の席、東崇洞《トンスンドン》の安飲み屋で、ある先輩が自分が歌う番になって立ち上がった。一九八〇年代中頃に医学部に入学して演劇をしていた彼は、焼酎にすっかり酔っていて、これ以上なく乱れた姿で、両目をぎゅっと閉じて初めて聴く知らない歌を絶叫し始めた。高音が頂点に達する場面になると発作的に腰を折って、大学路《テハンノ》の飲み屋の部屋をぎっしり埋めて賑やかに酒を飲んでいる皆の視線を自分に集中させ、一瞬沈黙に陥れ、渾身の力を込めて歌った。私は感動したようだった（私は女性の歌に感動するときはだいたい声に惹かれ、男性の歌に感動するときは身振りに惹かれる傾向がある）。その日以来、〈渡れない河〉は私の愛唱曲になった。一つの世界が一つの歌に出会う偶然がこのようにやってくるときがある。一九九〇年代初めの頃は、世の中はいかがわしく、生は卑しく、私は何度も彷徨を繰り返し、何の確信も持てずにただ人生の波に押し流されていた。疲れて、不安で、そして後ろめたかった。存在しているということ自体が。「恋しくても、見えるのは流れていく河の水だけ、渡ろうとしても渡れないほど遠く、遠くなって、もう見えない……」。何かが遠ざかっている。消えていっている。いまとなっては何がお前と私をもう一度つなぐことができるのか。再びつながらなければならないのか。言語、道徳、愛、革命、友情。このようなものの力で、このようなものに対する信頼によって、人は人とつながり、別れるのか。八〇年代的な喊声《かんせい》の世界が河の向こう側に去ってしまったことを私は直観していた。「歴史の呼ぶ声に背を向けて、祖国を捨てることなどできはしない、私はおそれず進む」、「鋼のような我らの隊列、押し寄せる敵の銃剣、もっと打て、我らの刃が真っ青に尖るまで……」〔学生運動歌〕。ああ、そんな歌の、抑圧的で、でも開放的で、そして勇気を奮い立たせるような力。しかし、その日私の全身を揺さぶったあの〈渡れない河〉は、みんなでともに歌い、連帯し、熱狂できる歌ではなかった。大義に殉じようという不穏な熱望を呼び起こす歌ではなかった。それは、目的も終着駅もない万物流転の大河が人間の歴史を虚しく横切って流れているのだと言い聞かせ、ただモナド(*3)のように世の中の片隅に場所を見つけて生きていく静かで切ない世界を優しくいたわっていた。振り返ってみると、その歌を通して私を貫いて入ってきた時代精神は、「リベラルなこと」の魅惑ではなかったかと思う。光州《クァンジュ》で死んでいった者たちに対する後ろめたさから生まれた負

*2 古代朝鮮の歌。あるとき一人の白髪の男が何かに取り憑かれたようになって、酒瓶を下げて川を渡ろうとした。妻が制止しようとしたが及ばず、男は溺れ死んだ。妻はその悲しみを歌い(「公無渡河歌」)、歌い終わると自身も川に身を投げて死んだ、という説話の中で紹介されている。

*3 ライプニッツが提唱した哲学用語で、空間を説明するための概念。非物質的本性を有したモナドは不可分の単純実体で、宇宙はこのモナドから構成されるが、モナドは相互に作用し合うことなく、独立している。

い目の共同体、その怒りの連環計が解体される音、「全斗煥《チョンドゥファン》／盧泰愚《ノテウ》」を首魁《しゅかい》とする悪の化身たちと赤壁《せきへき》の戦い(＊4)を始めた青年たちが、いまは自分という船を船団に緊縛していた太い縄を刃物でたたき切る、ぞっとする感覚、一人離れて進む船の、ざぶんざぶんと音を立てて揺れる酔いと誇らしさ、一人であることの深い、苦さの混じった喜び、一人でいるしかないという覚悟がもたらす成熟の幻想、お前と俺は無関係だとあえて声に出して歌う道徳を踏みつけにする快感など。いったい「自由」とは何なのか。あれほど新鮮だった自由の感覚が、まだ十年も経たないうちに新自由主義という怪物的な鉄の檻への恐怖と嫌悪に進化するだろうとは、愚かにも私はまったく予想できなかった。当時、自由はただ文化であり、表現であり、個人であった。孤独で内面的な苦闘、倫理と結合した政治、新しい文化の顔だった。そこには悲愁のような何か、清涼飲料のような何か、五月の日差しのような何かがあった。世の中も人間も、いまよりはるかに金属的ではなかったその時代(これは果たして記憶違いだろうか)、人間の間に存在する圧倒的な深淵を認め、受け入れた者のポーズで、ありったけの力で〈渡れない河〉を歌ったのは、また、歌うことができたのは、なんと言うか、サンドバッグがとても固いときは安心してそれを殴ることができるのと同じで、リベラリズムの感覚をどれほど闊達に、時には自虐的に解き放っても、俺たちの韓国社会はそんなことくらいでは動じないほど決してリベラルにはなれっこない、という奇妙でほろ苦い信頼のためだったというか、本当はお前と私の間に渡れない河が流れているとは思っていなかったからというか。それでも二〇〇〇年代中頃に留学を終えて戻ってきて、戻ってきたものの、なんとなくまだよそ者のような視線で観察した私たちの社会の「自由主義化」あるいは「新自由主義化」は驚くほどで、恐ろしささえ感じるものだった。韓国社会は世界のほかのどの社会よりも奥深く徹底的に「リベラリズム」を引き入れ、変身していた。私は愛唱曲のリストから〈渡れない河〉を消してしまった。私たち自身の間に本当に渡れない河が流れていて、まさにそのために、歌を弾力的に解釈して現実との緊張の中で戯れてみるような空間が閉ざされてしまっていた。リベラルであるということは、いまや想像上の魅惑ではなく、残酷なリアリティだった。家族、共同体、友人、隣近所、職場、学校、社会が内側から浸食されていた。すべてがリベラルで、すべてが自分を素晴らしく表現し、すべてが美的で、すべてが芸術的な世界。しかしその実、すべてのものが腐敗して悪臭を漂わせる時代。どこから何を変えるべきか、見当をつけるのが難しくなった時代。一つの歌と一つの世界が断絶していった。パク・ソルメ(＊5)の小説のタイトルを借りて言うならば、「じゃあ今度は何を歌おうか?」という質問の前に私は立っていた。それは政治的な質問であり、実存的質問であり、歴史的質問でもあった。二〇〇〇年代中頃から

＊4　中国後漢末期の二〇八年、長江の赤壁(現在の湖北省)における蜀《しょく》の劉備・呉の孫権の連合軍と魏の曹操との戦い。連合軍は策略を用い、曹操の水軍に軍船同士を鎖でつなぐ連環計をとらせ、密集した船団に火を放って壊滅的な打撃を与え、曹操軍を敗走させた。これにより、天下が魏・呉・蜀に三分される形勢が成立した。

＊5　一九八五年生まれの作家。二〇〇九年デビュー。二〇一三年、若い作家賞受賞。長編小説『乙』『百行書きたい』、短編集『じゃあ今度は何を歌おうか』などがある。

の何年かを、私は歌なしで暮らした。どんな歌であれ、私にはただの歌であるだけだった。「まさにその歌」が存在しなかった。本当に歌いたい歌がないとき、私は面目のない人で、誰かの前に存在をかけて出ていくことのできない人だった。そんなとき、

いつか私たち
星になって消えるでしょう
みんな心が痛くなるのを　私は知っています
だけど仕方がありません　そう決まっているのだから
世の中をつくった人にはなんでもないことだから

人生は禁物　むやみに生まれるな
先に生まれた人が言う　愛のないつまらない毎日かもしれないし
いつどうなるか　わからないそうだよ

あなたは私の
星になってくれると言いましたね
私の長い一日　一人にはしておかないと言いましたね

でも暗くなっても星はなぜ出ないのでしょう
もう一度言ってくれますか　お前は一人ではないと

愛も禁物　むやみにのめり込むな
先に生まれた人が言う　自由のないつまらない毎日かもしれないし
死ぬほど苦しい目に遭うかもしれない

実は「お姉さんの理髪店（オンニネイバルグァン）」（＊6）の歌を聴くようになったのはずいぶん昔のことだが、歌詞にはとくに注目したことはなかった。いつだったか、偶然のきっかけで〈人生は禁物〉の歌詞を読んだとき、私は感電したようにその場に固まってしまった。たまにボーカルのイ・ソグォンが、イ・ソラ〔一九八六年生まれの女優〕やユン・ドヒョン〔一九七二年生まれのロック歌手〕が司会をしている週末深夜の音楽番組に出てきて、例のあの内省的な語調で目も開かずに、マイクを祈るように握りしめて歌うとき、「そうそう、歌って、なかなかあんなふうには歌えないもんだよ」と一人で嬉しくなって、すっかり彼の音楽的魔手にかかって、急いでビールを何缶か買ってきて酔っ払ったりしていたが、〈人生は禁物〉というあの歌の歌詞は、私にまさしく思想的一撃を加えてしまっ

＊6　一九九六年にデビューした男性三人組ロックバンド。

た。彼は歌う。生きていくというのは星になるっていうこと。星になるというのは地上から消えるということ。事実そうなのだ。地球はあと何万年か経つと生命が生息できない場所に変貌する。自然の摂理だ。四億年前に地上に進出した動物と植物は、再び海に消えていき、生命を失ったこの星は索漠とした物寂しい風景に変わる。これは「むやみに生まれる」生命が例外なく背負っている宿命なのだ。彼は正しい。私たちはこれから生まれてくる未来の他者たちに、彼らを大事に思うがゆえに、たとえ彼らがこの言葉を決して聞くはずはないとしても、こう言うしかないのだ。「人生は禁物、むやみに生まれるな」。私が以前に『文学トンネ』でパク・ソルメの小説を解釈して「脱存主義」と呼んだ思想を、イ・ソグォンは自分の歌でこのように表現する。脱存主義者の目に映る人生は、苦海でも、虚無でも、地獄でもなく、「禁物」だ。やってみようなどとは思ってはならないもの、すなわちタブーである。なぜ人生がタブーであり得るのか。人生それ自体がタブーになるということは、その外側により大きな人生の可能性が模索されていることを暗示している。それは生まれることもできたが、生まれない者、生まれないと決心した者の想像的「位置」が、あるいは一つの「スタンス」が、集合的に認められ、思考され、探求されて初めて可能なことである。自分に与えられるはずの人生を意識的に拒否する未来の他者たちを、想像の中から現実に引っ張ってきて、彼らが自らこの現実のとんでもなさを嘲弄し、警告する、そんな話をずっと昔に芥川龍之介の小説で読んだことがある（最近、誰かが私にその事実を思い出させてくれた）。「河童」（一九二七年）がそれである。日本の水生妖怪の一つである河童の世界にたとえて、自分たちの社会である日本を精一杯批判し嘲弄するこの文章で、芥川龍之介は、河童たちの出産の場面を、あたかも人類学者が近代文明人に、自分が探究した原始部族の暮らしぶりを、誇らしさと責任感が入り混じった感情で話すように、次のように叙述している。


……人間から見れば、実際又河童のお産位、可笑しいものはありません。現に僕は暫《しばら》くたってから、バッグの細君のお産をする所をバッグの小屋へ見物に行きました。河童もお産をする時には我々人間と同じことです。やはり医者や産婆などの助けを借りてお産をするのです。けれどもお産をするとなると、父親は電話でもかけるように母親の生殖器に口をつけ、「お前はこの世界へ生れて来るかどうか、よく考えた上で返事をしろ。」と大きな声で尋ねるのです。バッグもやはり膝《ひざ》をつきながら、何度も繰り返してこう言いました。それからテーブルの上にあった消毒用の水薬で嗽《うがい》をしました。すると細君の腹の中の子は多少気兼ねでもしているると見え、こう小声に返事をしました。

「僕は生れたくはありません。第一僕のお父さんの遺伝は精神病だけでも大へんです。その上僕は河童的存在を悪いと信じていますから。」

バッグはこの返事を聞いた時、てれたように頭を掻いていました。が、そこに居合わせた産婆は忽《たちま》ち細君の生殖器へ太い硝子《ガラス》の管を突きこみ、何か液体を注射しました。すると細君はほっとしたように太い息を洩らしました。同時に又今まで大きかった腹は水素瓦斯《ガス》を抜いた風船のようにへたへたと縮んでしまいました（＊7）。

芥川にとっても、イ・ソグォンにとっても、人生は禁物なのだ。そしてこの命題はアイロニーではない。この命題にはどんな語用論も必要ない。人生は禁物という言葉は、その言葉どおりの意味でしかない。陳述と効果が一致する。まさにその意味で、その言葉は私たちの胸を引き裂く。人生は禁物ということを誰が知らないというのか。知っていながら、知らないふりをして幸せに暮らそうとしたのに。幸せに暮らしてみようと、意味もつくり、それを寄せ集めて、人生の周辺に花輪のように丸く並べて、希望の眼帯をかけ、できるだけこの世界の凄惨な場面は見ないようにして、悲劇と、不正義と、惨状に、人間がもはや人間ではない姿に、目を閉じて生きていこうとしていたのに、それをわざわざ言ってくる者たちがいる。あからさまに言ってはいけない、そんな言葉を言う人たちがいる。そう言うしかないほど人生を壊されてしまった者たちがいる、という事実。私にとって人生は「禁物」だけれど、あなたは何を愉しんでいるのかと訊いてくる者たち。未来の被爆者たち、癌患者たち、移住労働者たち、脱北者たち、非正規職労働者たち、失業者たち、江汀《カンジョン》〔済州の海軍基地建設反対運動〕で、四大河川〔李明博政権が推進した漢江、洛東江、錦江、栄山江の総合開発事業〕で、龍山《ヨンサン》〔ソウル市内の再開発反対運動〕で、クレーンの上〔造船会社の女性労働者が解雇撤回を求めて三百日以上クレーンに立てこもった事件〕で、この時代の構造的暴力に絶望しているすべての人間たち。排除された者たち。セウォル号の犠牲者と生還者の、死と生存を目撃した私たち、みんなの胸の一番深いところで誰かが歌っている歌。人生は禁物、むやみに生まれるな。私は尋ねる。じゃあ今度は何を歌おうか？

＊7　芥川龍之介「河童」。引用にあたり、表記は現代仮名遣いに改めた。なお、文中の「バッグ」は、梓川の谷で「僕」が最初に出会った河童の名前。

チョン・ギュチャン

永遠の災難状態

——セウォル号以降の時間はない

チョン・ギュチャン

一九六二年生まれ。ウィスコンシン大学でコミュニケーション学博士の学位を受け、現在、韓国芸術総合学校映像院で教鞭をとる。文化連帯メディア文化センター所長を経て、現在は言論改革市民連帯の代表を務めている。多数の論文と著書があり、最近では「大監禁時代」(フーコー)の歴史を暴露した『生き残った子』をハン・ジョンソン、パク・レグンとともに著した。

◉破鏡となった体制からの集団脱出は可能か

大韓民国の底。ゼロポイント。セウォル号は海中に打ち棄てられた。あらゆる非行を包み込んだまま。海底深く沈んだ悲痛の思いのもと。セウォル号は三百人余りの乗客を一瞬のうちに溺死させてその不吉な航海を終え、呪いの航跡を消した。花のように美しく、儚《はかな》い命だった。じっとしていろという指示に従った良い子たちだった。そのいたいけな生命を遺棄して、上からの命令に従うだけの船員たちは沈没船から組織的に脱出した。現場へ到着した公権力は船に近づこうともせず、子どもたちが水没するのを見て見ぬふりをした。それなのに大々的な救助活動を展開しているかのように偽装し、この欺瞞の場面をいんちき記者たちは一方的に宣伝し、露見した真実は誤報として隠蔽した。あらゆる非理と腐敗、矛盾が現れた。怒りが爆発する。

マーシャル・マクルーハン流に言うなら、セウォル号はもう一つの決定的なテレビ的事件、すなわち遠隔視覚的事件だった。船の中に押し込まれた屍からの鳥肌の立つ放送、海底に閉じ込められた無念の生命の驚くべき生中継。資本の蓄積本能、国家の機能停止をリアルタイムで現場から中継するテレビ。地上の人たちは、目の前で繰り広げられる海上の集団殺戮という信じられない事態をただ見守るしかなかった。船が沈没していくのをただ眺めることしかできない体制の無力、乗客たちの危機を傍観するだけの救助責任者たちの非道、死に直面している弱者たちに救助の手を差し伸べようとさえしない国家の空白を目撃した。カメラを通して、悪夢のような現場が、隠しようもなく映し出された。

セウォル号は、公権力を独占した国家がまともに機能できないとこうなるという、凄惨な場面を時々刻々と私たちに見せつけた。戦時の話ではないことがあまりに衝撃的で、どこにでもいるような平凡な人たちであることが、なおさら残酷だった。青々と生きていくはずだった若い生命たちが、私たちの未来が、日常の水面からぽっかりと消えてなくなった集団溺死事故。セウォル号は、この世界の底にはこんな災難が口を開けて待ち構えていて、私たちは常に溺死の危険にさらされていることを、テレビという装置を通して余すところなく教えてくれた。新自由主義のもとでは、死と生はまったく隔てのない一体の現象であることをつくづく思い知らせてくれた。

体制を反射する壊れた鏡、破鏡。とんでもない船に詰め込まれたあげくの死、コンテナの代わりに身動きできないように縛り付けられた屍が、膨れて水の上に浮かび上がった。砕けたガラスの破片のように私たちを鋭く切り裂く。実際、セウォル号に積まれた貨物はきちんと固定されていなかった。いい加減に積まれて、それが船の沈没を早めた。その一方、船体がぐらっと大きく傾いたときにも、乗客たちは船にしっかり摑まっていた。じっとしていろという放送が乗客たちを船に縛り付けたのだ。不満と幻滅、怒りと恐怖は、その機械的な服従と無責任な命令が平気でまかり通るシステムに対する、人間として当然の反応だった。中継を見守った誰もが即座に真相を見抜いた。セウォル号は小さな大韓民国だと。

国家は真実の露見を最大限抑え込もうとした。隠蔽と捏造、誤報が横行した。惨事の放送自体がもう一つの惨事となった。しかし決して隠し通すことができないのがテレビという現象なのだ。肝心なことを隠蔽した報告からも、大衆はただちに真相を見抜く。日常があまりにも薄い死の薄氷の上に成り立っているにすぎないことを、快適な安らかさとは足下に潜む溺死事態を隠す薄いベールにすぎないことを、テレビの中のセウォル号が暴露する。超大型スキャンダルの発生。怒りと驚愕、そして哀悼は、体制の不甲斐なさを中継し、恐慌状態を映し出すテレビへの大衆の本能的な反応だ。悲しみが怒りと一体となって直接的な行動として現れる。テレビの前に哀悼共同体が誕生する。

「死がまさにこの日を選んで、何分かのうちにその姿を現すために自分に近づいていることを、人々は疑わない」。『失われた時を求めて』でマルセル・プルーストが言ったというこの言葉は、セウォル号の時代にはもう有効ではない。いまや誰もが知っている。私たちは、運命の日を待たずともいますぐにでも死ぬかもしれない時代なのだ。これをあらためて教えてくれたテレビの中のセウォル号は、死んでいく他者と私を深く結びつける。死という条件をともにする人間として。その意味で、セウォル号はまさに重要なメディアだった。この時代が死の時代であると暴露し、支配資本は根本的に不良で、責任を取らない国家はあまりにも危険で、そして主要メディアのリポーターたちは国の宣伝機関員になり下がったことを教えてくれる、ソーシャルメディアなのだ。

セウォル号は生き残った私たちに骨身に沁みる教訓を残す。新自由主義資本国家は、人がどう死のうと、社会的殺人が横行しようと、まるで放任状態なのだと。多数を盾にして少数を守る利己的な体制であり、少数のためには平気で多数を犠牲にする自己本位の支配構造。こんな非人間的構造への服従は、屈辱を超えて自滅につながるという真実を、セウォル号は気づかせてくれる。命令する少数は安全に逃げのび、逃げ道を閉ざされた多数は集団で溺死してしまう。前者は後者を救助しようなどとは考えもせず、その暇もなく、出動した公権力とテレビカメラは、その決定的な空白状態をそれらしく偽装するばかりだ。

逃げる。それで私は生き残った。安全だという説得に反して、傾いた船から逃げ出すこと、それが生きる道だった。自分が生きていく道を自分で見つけること、各自図生《カクチャドセン》。転覆する体制から即刻離脱したことが、危険を感知した状況からの自発的な脱走が、かろうじて一部を生き残らせた。命令におとなしく従った多くの生命は、水没してしまった。従順と反逆。新自由主義時代の幸と不幸、人間の生と死はまさにこの地点ではっきりと分かれる。セウォル号は、問い質してみればあまりにも明白なこの時代の真理、生の裏側には無数の死体が横たわっていることを教えてくれた。果たして私たちには逃走しか生存の道は残されていないのか。私たちに体制からの集団脱出は可能なのか。

体制の外はない。それならば、生存のために体制の内部でいますぐに取りかからねばならない準備策は何か。大韓民国のぼこんと開いた怪しい穴。新自由主義／新保守主義資本国家による公権力の解体と、公的領域の再編によって生じた致命的な水たまり。皆殺しさえも平気で行われる暗く荒波のたつ破孔。セウォル号は、安全な国という欺瞞的偽装を剝がし、災難社会の凄惨な姿をさらけ出す。その茫然とするしかない本当の姿が生中継され、その映像は後世になってもこの時代の真実を伝え続けるだろう。怪物たちが暴れ回り、悲鳴が飛び交い、死体がゆらゆら揺れ動く悪夢のドラマ。二度と見たくない恐怖の生放送。セウォル号のその荒波の立つ穴を探し出して塞ぐ災難防止策は何なのか。

◉哀悼を超えた記録と理解の集団責務

何が起きたのかを理解し、真実はどこにあるのか各人が自分の意見を表明することが、その回答を見つける端緒になる。異なる意見／立場の間の対話は、一方的宣伝に抗する。強要された沈黙を打ち破る。権力は本当の対話を望まない。権威によって情報を独占しようとする。崩壊した国家と貪欲な資本が沈黙を強制するとき、発言を始め対話をすることは重要な政治活動だ。国家が「大改造」を叫び、右翼が惨事を忘れて新たに出発しようとキャンペーンを張り、資本が蓄積の日常にこっそりと舞い戻った現在、セウォル号について語り合うことは、それ自体、抵抗の行動、反抗の実践になる。宣伝を中断させる対話による抵抗の実行。真実についての討論と、犠牲者への友愛の連帯、到来する不幸に立ち向かう社会救済活動は、固く結びついたものだ。

それは、来るべき災厄に際しての人命救助への備えであり、結果として自分を守ってくれるガイドブックにもなるという点で、極めて重要な作業だ。いつ誰が犠牲者になってもおかしくなかったという意味で、遺族であり被害者である私たちが、この大事な作業の実行者になる。胸元の黄色いリボンを外して大事に保存し哀悼を後世に伝える作業とあわせて、セウォル号に関する記録をアーカイブ化する自主的な市民ネットワークを運営し、セウォル号に関連した情報を記録に残す、セウォル号記録プロジェクト。個別の悲しみを表現し、集団的な怒りを記録し、街頭での行動の記録をつなぎ合わせ、これらの作業を通じてセウォル号で何が起きたのかを分析し、航海を指示した資本の非理を立証し、空白状態というしかない国家の行動を一つひとつ検証する、批判的ジャーナリズムへの移行。

忘却に抗う記録だ。あいまいさを究明して真実を理解するための活動。惨事の被害者としての私たち、私たちが証人にならなければならない。加害者にとって沈黙が必ず守らなければならない徳目でないのなら、簡単なことではないが、被害者にとって発言することは必須である。被害の再発防止は、証人たちの勇気ある発言から始まることを、私たちは過去の歴史の中で何度となく経験してきた。そしてその証言は、骨身に沁みる苦痛の記憶、すなわち記録を基礎としている。

反省することも、真実を理解しようとするこうした努力の上に成立する一体のものだ。対話が、主体の考えをさらけ出すことで相手と関係を結んでいく自他間の活動であるように、反省もまた、他者と交わす内面の対話に相違ないのだ。社会的理解、それがすなわち反省である。

何がこの惨事を引き起こしたのか。どうしてこんなことがあり得るのか。私たちに何が起きているのか、惨事を引き起こしたこの世界を私たちはどう理解したらよいのか。衝撃にあっけにとられ、驚愕に声も出ないなかで、不幸と悲しみをそのまま表した感覚的な言葉、情緒的な表現があちこちでほとばしり出ている。セウォル号に関する話、文章は膨大な量だ。もう何も付け加えることはないというのは、言葉が溢れているこの状況の中で正直な感想だろう。しかし問題は言論の質なのだ。知性的な言論、論理的な議論はまったく足りない。

セウォル号の航海の軌跡を辿って沈没の経過を整理し、その原因を事実をもとに徹底的に分析するジャーナリズム。過積載を指示した資本を暴露し、航海を許可した公権力を追及するドキュメンタリー。セウォル号の大惨事を、新自由主義資本国家という根源的原因にラディカルに結びつける論文。私たちが乗船するセウォル号、すなわち「大韓民国」が、どれほど多くの命を犠牲にしながら危険な航海をしてきたか歴史的に調査し、これからどれだけの犠牲をもたらすことになるのかを考える一般向け冊子。「セウォル号事件」の全体像を示すとともに、各課題ごとに検討の意義と性格を整理し、細部の探究の方法までも提示するレポート。

それは、セウォル号の意味を追求する研究プロジェクトだ。惨事の背景についての正しい理解と、事態の推移の筋道だった分析、そして関連する事実の精確な記録を通じて、「セウォル号」とは果たして何なのか、迫っていくのだ。

同時に、主要メディアから関連ニュースが早くも姿を消しつつあるなかで、さまざまなメディアを通じて、セウォル号事件をどう解釈すべきなのか学術的な議論を提起する。国家の最終発言になる公算の大きい国会の特別委員会の終了に合わせて、ドキュメンタリーによって輿論に問題を投げかける。すべてが誤りだったという希釈論に抵抗する具体的な責任究明の各論だ。これ以上暴き出して無用な傷を負わせるなという真実からの逃亡に立ち向かい、傷を負ったふりをして隠れている暴力の所在を暴露するスピーチ活動だ。

セウォル号の、そしてこの国の乗客たちが作成する航海日誌、まさにそれを危険な資本、不安な社会、恐怖の国家で生存を模索する市民の安全倫理指針書にしなければならない。それなのに、もう終わりにしてよいことなのか。そう尋ねよう。私たちは果たしてセウォル号の呪縛から脱出できるのか。悪夢の船室から抜け出せるのか。ハノイ総合大学を卒業し文芸戦士として戦場に行った詩人イニ(*1)は、ずっと昔、抜け出すことは不可能だと語った(†1)。そのときなぜ、それほど多くの人たちが死ななければならなかったのか、説明できるか。私たちはなぜ、それをじっと見守るしかなかったのか、理解できるか。なぜ、私ではなくあの幼い子たちで、強者たちでなく力のない弱い者たちなのか。

国が支配、管理する近海で、どうして野蛮で残酷な集団皆殺しが起こるなどということがあり得るのか。南海《ナメ》には化け物が棲んでいるとでも言うのか。きっとその正体は、じっとしていろと言い続ける船員、逃げ出す船長と船主、船の周囲を徘徊するだけの海洋警察、そしてコントロールタワーのない災難国家が結託した怪物なのだろう。何が原因なのか、誰の責任なのか、何もわからない、事態を覆う不透明さ、生命を救ってくれるはずの公権力は行方が知れず、ただ「じっとしていろ」というメッセージだけが繰り返される、カフカ的不条理の世界。航海の責任者たちは平気で乗客の生命を投げ捨て、遺棄に加担した若い航海士は悪人たちの法廷に立ち、怖さにすすり泣く怪奇な非現実。この猟奇的な状況が現実となるのを目にしてしまった私たちは、もうそれから逃避するのは不可能だ。

◉新自由／新保守主義のホラー国家、公権力の致命的な穴

セウォル号は溺死した死体だけではなく、それと一緒に、醜悪な新自由主義も水面に浮上させた。新自由主義資本国家の下品で卑しい本当の姿、弱肉強食の冷酷な本性を暴露する。普通の市民だった船員たちに極「悪」の行動を強制するセウォル号には、「新自由号」という船名がぴったりだ。脱走する欲望をもつ「善」たちを探し出し、「動くな」とひったくるオーウェルの『一九八四年』よりもっとぞっとする場面が、二〇一四年、セウォル号の船上で再現された。冷酷な

＊1　イニ（Hoàng Thị Ý Nhi）は一九四四年生まれのベトナムの女性詩人。ベトナム戦争の渦中、爆撃に遭ったハノイ総合大学で文学と詩を勉強し、一九六八年に卒業後、文芸戦士として従軍した。戦後は、『編み物をする女性』などベトナムの女性たちの暮らしを素材とした詩集を発表している。

†1　김현아〔金賢娥《キムヒョナ》〕『전쟁의 기억 기억의 전쟁〔戦争の記憶　記憶の戦争――邦訳副題：韓国人のベトナム戦争〕』（책갈피〔栞〕、二〇〇二年）〔安田敏朗訳、三元社、二〇〇九年、一九四頁参照〕。

ジャングルの法則は危機の中でも徹底して貫徹されていた。

事実、新自由主義国家はその内部に死の影を内包する不吉な体制なのだ。万人の万人に対する闘争による万人の死を防止するために暴力を独占した国家は、もともとそのようなものだ。国家の背後にはいつも死の影がうろつく。藤田省三はこれを「ホッブスの構想のいちばん奥にある国家の不吉性」(†2)と表現する。実際に国家暴力は大衆の虐殺を生む。ところが、新自由/新保守主義時代の国家権力/暴力の不吉性は、セウォル号の上にまったく異なる様相で現れた。国家がその権力を公益のために行使しない空白状態がもたらした致命的暴力である。

救助しなかったのではない。そもそものための装備も設備もなかったのだ。国家が公権力行使の装置を解体し、無能と無責任によって災難をもたらしたのだ。権力を独占した国家がその権力を正しく行使しなければ、自分で生きていく術《すべ》を知らない「国民」は死滅するしかない。主権者として国家に委ねた生命保全のための装置が何も働かず、あきれたことにいきなり死に直面させられてしまうのだ。警察力は強化するのに、人命救助にあたる公権力の機能は解体してしまった、新自由主義資本国家の致命的暗部である。外部からの危険に対抗するために秩序を要求してきた国家が、ほかでもない体制内部で生じる脅威については徹底して無力であるために、災難にさらされる危険な秩序。

「国民」保護を掲げて権力を独占した権力者が、実際には「国民」の一部を取って食う国家/状態〔ステート〕。これを「ホラーステート(Horror State)」と名付けたら果たして誇張だろうか。人の生命が遺棄されるのに任せ、人が人をとって食う怪物が支配するホラーステート。セウォル号は、穴の開いた弱肉強食、各自図生のステートが生んだ最悪のテロだ。「否も応もなく、（……）常に流されて旅するしかなく、一ヶ所に静かに留まることは叶わない」（†3）世界、「液状化した近代世界」で繰り広げられた国家テロなのだ。権力の移転と資本の移動、商品の流通については積極的に規制を緩和する国家が、人については恣意的に自由を制限して、一部の者の上に暴力的にその拘束的権力を行使する二重社会の破滅的な結果である。

実のところ、私たちがこれまで当たり前のように考えてきた生命の安全保障の体制は、福祉国家のパラダイムとともに解体されて久しい。生命は戦時ではない平時にも、もう安全ではない。国家の監督のもとで、貪欲な資本の設備において構造的な虐殺が繰り返される。日常はすでに、ずっと以前から、一部の階級にとっては生存闘争の戦時にあると言っても過言ではなく、生命磨滅の非常状態が日常となったこの社会は、社会学的意味から言っても、まさに「危険社会」という形容がぴったりだ。平穏さの裏側では弱者たちの命をすりつぶす惨劇が繰り返される虚構の安全共同体、そうやって一部の者たちを集団的に排除する一方で、生き残った者たちは安全な国という幻想を信じ込まされる。それが「大韓民国」だ。

---

†2　藤田省三『全体主義の時代経験』（『藤田省三著作集6』みすず書房、一九九七年、一三八頁）。

†3　ジグムント・バウマン『リキッド・モダニティを読みとく——液状化した現代世界からの44通の手紙』（酒井邦秀訳、ちくま学芸文庫、二〇一四年、一一頁）。

大邱《テグ》の地下鉄惨事、龍山《ヨンサン》の惨事、さらにはサンヨン自動車やサムソン半導体、密陽《ミリャン》、江汀《カンジョン》などでの構造的矛盾の噴出に続く、最悪の体制矛盾が姿を現したセウォル号。資本/国家の悪辣な癒着構造が破裂してもたらされた社会構造的連続殺人事件。惨劇を生んだ資本国家の体制が何も変わらない以上、セウォル号はいつかまた繰り返される大惨事の先例であり、前触れだ。こうした悲惨を繰り返すしかない苦痛の現実の表現であり、私たちの目前に突きつけられた兆候なのだ。迫りくる災難の先行的記号。セウォル号が示すもの、その意味の解釈は、これからもずっと終わることのない進行形の課題だ。

セウォル号は、多くの生命を奪い取った悲劇的な事故であると同時に、新自由主義の体制矛盾が集中し、凝縮して発生した事件なのだ。いまや死は日常のすぐ隣にあるという体制の真実を教えてくれた事件だ。新自由主義の矛盾が破鏡となって私たちの暮らしの真っ只中に出現した衝撃的な物理現象。皆殺しは平時においてもいくらでも可能だ。日常の平和は、敵の武力侵攻によってではなく、生命の安全保障の体制の不備と国家の空白によって内部から決定的に脅かされる。その真の姿が露わになった事件である。

セウォル号は体制の異物などではない。生命をとって食う新自由主義の野獣的な原理をそっくりそのまま宿した鋭い破片だ。大韓民国がすなわちセウォル号であることを、新自由主義が元凶であることを指し示す記号なのだ。新自由主義が続く限り、セウォル号も続く。セウォル号がバラスト水を抜いたように、新自由主義は社会から公共性を搾り取ってしまう。人々の安全と幸福のための核心となる共通領域を奪い取った結果は、集団死だ。資本は、生命の安全を保障するのに必須のはずの公共性を我欲むき出しに自由化させ、国家は規制緩和を通じてその解体を助長する。そうなれば「国民」の皆殺しは必至だ。セウォル号は「(資本＋国家)－公共性＝皆殺し」という資本国家の悲劇の方程式を教えてくれる決定的な教材なのである。

セウォル号惨事の現場には、国家の徹底した無能、公権力の救助能力の機能不全があからさまに現れた。災難への対応システムがほとんど機能しない空白状態が続き、これを隠蔽するための宣伝工作が横行した。「いんちき記者」たちが量産した宣伝ニュース、政権の指令を受けた「国家災難放送局」が垂れ流し続けた誤報もまた、大韓民国という新自由主義体制が好き放題に進めてきた公的領域の潰滅、メディアの公共性が消滅してしまった現実を証している。公共性の空白。私たちはそれを国家権力の決定的「穴」と呼ぶが、その穴に嵌まって無数の生命が溺死した。国家がろくに救助もできなかったというのではない。国家の基本責任であるはずの救助の機能を市場に売ってしまったためなのだ。私設引き揚げ会社に人命救助を任せたハプニングが、これを悲喜劇的に私たちに教えてくれた。

セウォル号は、抜いたバラスト水、すなわち公共性を復旧することが、社会再建、生命保存、平和回復のための方策だと教えてくれるテキストになる。セウォル号の安全な航海のためにバラスト水が必須であったように、社会の安全維持のためには公共性の回復が絶対だということに私たちは気づくのだ。公共性は資本のものでも国家の所有物でもない。皆の安全のための社会の共有財産だ。それが崩壊してしまえば命の破滅は避けられない。破滅を繰り返さないために、私たちは新自由主義資本国家の意思に抗して、公共性をなんとしても守り抜かなければならない。公営放送を取り戻し、真実のジャーナリズムを復旧する作業も含まれる。そうでなければ死ぬ。セウォル号の犠牲者たちが、生き残った者たちに残した決定的な遺訓である。

◉市民社会復興の希望、生命社会を創出する光

社会の中に公的保護ネットワークを築いていくことが何より急務である。主体としての市民と市民が依拠する市民倫理、そして市民たちのさまざまなつながり、それらの総体としての市民社会を基盤として、災難防止、危機脱出の安全装置を設置していかねばならない。恐怖の資本国家、ホラーの新自由主義からの全員脱出は、理論的にも実際上も不可能だ。いまは革命のときでも、蜂起の時代でもない。私たち自身の中にも棲んでいる怪物との血みどろの闘いだけが残る。災難への防御ネットを築くこと。体制内部から、市民社会を基盤としてバラスト水の再供給と公共性の回復を成し遂げることだ。公共性の回復と、それと連動した市民社会の復興こそが生命回復への現実的回答なのだ。セウォル号惨事の只中で私たちが急がなければならない直接行動の方向性とその内容、明確な目標は、まさにそこにある。

セウォル号で私たちが目撃したのは、普通の人間が怪物に変わり、正常な人間が悪魔になってしまう地獄だった。ハンナ・アーレントの言う「悪の凡庸さ」が広がる野蛮の状態だった。極悪

な行動が、戦争という例外状態の中で敵を相手に行われるのではなく、「私たち」の中で、私たちに対して、残酷に勝手気ままに行われた。新自由主義／新保守主義の資本国家は、普通の「国民」をも怪物にしてしまう。セウォル号はそんな人間性の墜落の地獄図であり、その残酷さが示しているのは、実は私たちの絶望的な現実なのだ。何の罪もない人たちが集団で溺死しようというとき、救うべき立場の人たちが逆にこれを幇助したり、日和見的に逃げ出してしまう野獣性。目前の死を平気で放置する反人本主義。

誰が誰を信じたらよいのか。セウォル号は、新自由主義体制そのものと同じ、非人間的な様相を私たちの目前で繰り広げた。誰でも、その状況になればイ・ジュンソクのような船長になり、ユ・ビョンオン〔清海鎮海運の実質的オーナー〕のような逃亡者になるかもしれない、何も信じられなくなった現実。誰もが、いつ何時、人殺し（の手伝い）を犯してしまうのか、殺される側に転落するのかわからない状態。それが大韓民国の実像であることを見せてくれた。各自図生という冷笑が伝染病のように広まっている。不信の世界で生きて行かざるを得ない大衆の、自分を守るための反応だろう。そんな私たちは、果たして信頼の社会をつくることができるか。セウォル号が見せてくれたのは、人間性の完全消尽状態ではなかったのか。

本当にそうなのか。

セウォル号の船内には果たして野蛮な地獄図だけが広がっていたのか。各自図生のジャングルだったのか。必死の脱出の努力があり、絶望の中で恐怖と呪いが伴ったに違いない。しかしそれと同時に、死の瞬間にも完全摩滅しない人間的で社会的な心の動きも表れていたのではないのか。捨てられた人たち、呪われた人たちの間に交わされる、いたわり合いと祈りを通じた慰め合い。少数者の相互扶助、弱者同士のソーシャルワーク。永遠に証言されることのない様相……。いや違う。立証された事実だ。船体の外部にかろうじて伝達されたメッセージは、死を目前にした状況においても消滅しない人間精神の強靱さと、人間性が発揮される様子を感動的に伝えた。怪物が暴れ回る呪われたセウォル号の中でも、最後まで残ったのは市民倫理だった。

地上でも同様だ。セウォル号の災難現場を中心に、市民社会の中から生まれたさまざまな活動がいち早く糾合された。全国から集まった民間ダイバーたちは、命懸けの活動を自主的に繰り広げた。ボランティアたちは自分の仕事を放り出して彭木《ペンモク》港に駆けつけた。黄色いリボンをつけた多くの子どもと母親は、ロウソクの火を手にして沈没するセウォル号を見守った。母親たちは本能的に直観する。命を軽視し人殺しを黙って見過ごす国が、私たちの家族を守ってくれるはずがない！　「国」と「家」を結ぶつなぎ目にぷつっとヒビが入る。「国家」の接合構造に重大な亀裂が発生する。乳母車に乗せた幼い生命を先頭に立てて街に出た母親たちは、まさしく国／家の絶縁を宣言する政治的身体だった。国家体制の分裂を知らせる大衆の動きが始まった。

じっとしてはいられないといううねりがあちこちで沸き起こった。警察のバリケードを越えて青瓦台に向けて駆け出した怒りの青年たちがいた。雨の中を疾走した彼らは、忘れかけていた6・10のあの日(＊2)を、大衆抵抗の歴史としてよみがえらせた。そしてセウォル号を反乱の歴史に付け加える。責任を追及し真相を究明するソーシャルメディアのジャーナリストたちが出現し、芸術家、創作者たちは自発的に哀悼公演を開いた。ほとばしる人間性のこの奔流が、悲しみの時間を構成し、怒りの空間を演出した。いや、セウォル号という抵抗共同体を掘り起こした。自分たちの政治社会だ。家族を亡くした遺族、被害者たちは、国家ではなく、この自発的なアソシエーションからより多くの慰労と慰安を得た。

連帯のきっかけと生きていく希望を探す。闘争の原動力を発見する。かろうじて生き残った私たちも同じだ。ロウソクの火のアソシエーションは、ただ死んだ人たちを追悼するだけではない。生き残った私たちが自分たちを慰労し、互いに対する信頼を示し、生きる価値のある社会を浮かび上がらせる、生き残るための救助活動なのだ。その炎のゆらめきは、犠牲を防ぎ生命を守り通そうとする生命体の鼓動、希望を探す連帯の身振りなのだ。セウォル号は、生き残った者たちの間に運命的な結束をもたらす。生と死の運命共同体が、ロウソクの火を媒介として生まれる。連帯した行動によって新自由主義を暴露し、もう一つの世界を創造しようという社会的身体の運動。市民社会とは、すでにできあがっているものではなく、こうしたさまざまな実践を通じてつくり上げるものではなかったのか。

＊2　軍事政権を打倒し、大統領直選制などの民主化改憲を実現した一九八七年六月の民主化運動の出発点となった、同年六月十日の国民大会とデモ。

生命とはそもそも、そのような社会的活動を通じて守られるものではないのか。藤田省三の言葉のように、「混沌のもたらす苦しい試練を経て、欲求や希望の再形成が行なわれる」のだ（†4）。セウォル号は、暗黒のような体制が私たちを覆いつくしているなかで、一筋の希望を示している。生きられる。生き残らなければならない。だから動いてまた動く。セウォル号は、海底から受信する不吉な赤信号であり、同時に地上で再発見した不思議な青信号なのだ。二重の記号である。レベッカ・ソルニットが言うように、惨事の現場は市民社会の希望を暗闇のなかでかすかに表す（†5）。災難はそのように「両者的な嵩《かさ》」を持つ。

「廃墟」を両義的なものとして凝視しなければならない。私たちは廃墟で、死んだ者たちが残した遺言を読まなければならない。希望を記録に残さなければならず、展望を文章に書き記さなければならず、行動でこのすべてのものを具現化しなければならない。社会を保護せよ！　市民社会が強化されなければならず、そうして初めて生命保護と人命救助が可能となる。惨事の前に無力な国家に立ち向かう、被害者であり遺族である私たちの任務は、まさにこの真実を受けとめることから始まる。生命の保護ネットワークを社会全体に広げていく仕事。「社会で共有するもの」を拡大していく役割。私たちは溺死の現場に、まさに生死の分かれ目に置かれている。文字どおり生きるか死ぬかの問題である。墜落の絶望と浮上の希望。その間で賢明な選択をいますぐ行わなければならない。

◉セウォル号について記録し、語り継ぐこと

セウォル号が永遠であるように、惨事を引き起こした体制も、現在のところは永久に続くかのようだ。政権は生き残るためにただちに行動を起こし、「国家大改造」のプログラムを急ぐ。二十一世紀型維新の宣布である。体制の構造的危機を社会全体の危機に置き換えてしまおうというのだ。不良システムへの応急対応、体制のぽっかり開いた穴への緊急措置として、偽りの安全構造物があちこちに設置される一方で、すべての「国民」が道徳再武装へと動員されるのだろう。道徳的ファシズムと社会工学的全体主義の溶接がなされていく。市民社会が対案的に自立（救助）能力を高めるのに蓋をしてしまおうという体制延命の試みである。それで、果たして災難ステートは私たちの生命を保障してくれるのだろうか。

体制の強化は災難の深化をもたらすだけだ。体制は崩れながらもさらに強固になり、それがより大きな災難をもたらす。永続する災難時間。「セウォル号以後」は存在しない。私たちの目に映る永久平和の世界は、蜃気楼であるだけだ。アウシュヴィッツの非常事態が、この平和の時代に、収容所の外で、一般市民である私たちを相手に、時々刻々繰り広げられる。銃に撃たれ、車

†4　藤田省三、前掲書〔一一頁〕。
†5　レベッカ・ソルニット『暗闇のなかの希望——非暴力からはじまる新しい時代』〔井上利男訳、七つ森書館、二〇〇五年〕。

に轢《ひ》かれ、火に焼かれ、建物に圧死させられる。財閥の工場で、国家の施設で、死体が続出する。自殺という形の社会的他殺が続く。新自由主義資本国家が引き起こす集団死が、セウォル号の状況を持続させる。

怖くないのか。確かに怖い。セウォル号を凝視することは恐怖の体制を直視することにほかならないのだ。何人もの人が落っこちて死んだ穴、そのひやりとする急斜面に足を滑らせないようにすること。ジョルジョ・アガンベンは、膝《ひざ》を折って四つん這いになって穴を覗いている者、すぐにも死体の穴の中に放り込まれる者が今日の私／私たちであることを自覚しない限り、アウシュヴィッツの苦難をどれだけ大げさに言っても無意味だと警告する(†6)。永遠の災難状態に置かれた私たちが肝に銘じておくべき警告だ。災難の現実をおそるおそる凝視するとき、私たちはそこで何と出くわすことになるのか。恐怖から抜け出し怖さを振り切るために、希望を探してそれを実現するために、私たちがいますぐ始めなければならないことは何か。

行動である。動くことだ。恐怖は身体を縛り上げ、運動は不安を解消する。私たちは忘却の嵩を減らし、記憶の腐敗を防ぐために文章を書きとめ、記憶が毀損しないよう語り継いでいかなければならない。死は繰り返される。次にはより大きな惨事として。その発生を予防し、不幸にも起きてしまっても被害を最小化するために、私たちにできること。災難について書き、それを語っていくことは、災難の再発を予告する警報音として避難行動に結びつく。話すことのできない死者たちに代わって、生きている者としての義務だ。辛くても避けてはならない生還者の任務なのだ。死んだ者のためではない。生き残ったけれど次は死ぬかもしれない私たち、必ず生き残らなければならない私たち自身のためである。

街を埋め尽くした黄色いリボンが古くなり、広場を埋めた哀悼行進もやんで久しい。みんなが一斉に泣いていた情景はもうない。遺族たちは冷たい街に、隅っこの断食のテントに追いやられている。幻滅と諦め、悲しみと怒りの空気はもう世界を支配しない。みんなこの事態を恥じて、申し訳ないと思い、遅まきながら謝罪もしたではないか。ぎごちない雰囲気が湧き上がる。これ以上、私たちに何ができるのか。被害者のために、遺族と一緒になって、まだ何かをしなければならないというのか。不穏な気分がひそかに広がっている。「私たち」と「彼ら」を分離しようとする動きが現れる。体制はまさにこのような断絶、油断につけ込み、安心の甘いメッセージを流布する。体制の危機を外からの脅威にすり替えてしまおうとする。ご苦労様。すべてはもう政府に任せなさい。セウォル号を暴き続けようというのは意図が不純だ。真相を掘り下げなければと言うあなたはひょっとして左派ではないか。そうでないならじっとしていろ。

果たしてそうなのか。私たちが目撃したのは、9・11と同じ、まさにゼロポイントなのではないか。以前とはまったく異なる魔窟世界が到来したのだ。内部からの衝撃だ。蓄財を夢見る物欲

†6　ジョルジョ・アガンベン『アウシュヴィッツの残りのもの――アルシーヴと証人』〔上村忠男・廣石正和訳、月曜社、二〇〇一年〕。

の資本、民営化に狂奔する無能の国家。その合体物である新自由主義資本国家の転覆がもたらしたショック死。航海が災難を生み、それが構造的失敗を露呈し、そして弱者たちの致命的犠牲として帰結するという明瞭な真実が現れた。セウォル号は安心を支えるシステムの信頼性がいかに小さいかを暴露し、公権力がそんなシステムさえまともに扱えないことを告発する。権力の麻痺は生命の敗北を招く。体制も、それに依存せざるを得ない生命も、ただちにお手上げ状態に陥ってしまうことを、破裂した穴から流失した命が生々しく証言した。

苦難の被害者はもちろんのこと、目撃した当事者である私たちに、そして未来の主体たちに送り付けられた心も凍るような真実、惨事の決定的な教訓である。ひっくり返ったセウォル号の底から、私たちがラディカルに掻き出し、読み解かなければならない暗号なのだ。帰還しない命に代わって、現場から徹底的に拾い集め、元のとおりに組み立て直し、正確に読み解いていくべきメッセージだ。しばらくかかるであろう船体の引き揚げに先立ち——いつか国家が、その怪物を水面上に引き揚げ、一旦は人々の前にその姿を現しても、結局は撤収してしまうだろう——、私たちはいますぐ飛び込んで悲劇の残骸を収集、保存するのだ。その真実の告発と保存の任務から、もう背を向けるというのか。体制が望むとおりに、卑怯にも。

生き残った者の運命的な義務を放棄するのだろうか。権力作動の回路、体制維持の慣性に絡めとられて、人としての生存倫理まで放棄するつもりなのか。だから現場を何もなかったように片付けてしまうのか。再び悲劇を招き寄せようというのか。セウォル号の悲劇は、私たちにただちに行動に移ることを要求していた。感受性の動きとともに、知性の活動も要請した。単に自責だけではなく、もっと鋭い批判の刃を突きつけろ。セウォル号という怪奇的な状況を分析して解き明かし、その意味を解釈して公開すること。傷口を広げて分け入る解剖医の非情さ、隠された事実を審問する公安検事の冷たさを装着せよ。怠惰を沈黙でごまかすな。百日余りが過ぎたいま、私たちは厳しく現実から追及を受けている。あなたは永遠の災難状態の中で何をしているのか。

セウォル号について文章を書くことは、基本的に世の中の流れに反する行動であり、抵抗の実践である。コード離脱の反逆であり、規則解体の反乱である。だから希望なのだ。新自由主義に対抗して、大衆の感覚を目覚めさせる詩的な言語が災難の現場で続々と生まれている。私たちの情緒に直接働きかけ、その経験を自分自身のことのように感じさせてくれるセウォル号被害者や遺族たちの記憶の文章が、さまざまなメディアを通じて広がり続けている。国家情報院をめぐる事態ですでに威力が立証されたように、実態を暴き出す大衆ジャーナリズムの直接行動もまた勢いを増している。それに比べて、大きく遅れをとって何もできないでいるのが学術、学芸の世界だ。研究者たちはどうやって国家権力の誘惑を断ち切って理性の扉を開き、いま求められている公論を提示していくのか。セウォル号をどのように位置づけるのか。地味で目立たない記録の収集、分析の作業、解釈の努力かもしれないが、それを繰り返すことを通じてわずかな違いの空間を広げていくという研究者の倫理にどう向き合っていくのか。本当にそのつもりがあるのか。そして、これから何をしていくのか。

キム・ソヨン

精神分析的行為、その倫理的必然を生き抜かなければならない時間

——抵抗の日常化のために

キム・ソヨン

一九七二年生まれ。梨花《イファ》女子大学校科学教育科生物専攻卒業。英シェフィールド大学精神科心理治療研究センターにおいて、「ラカンの主体とベンヤミンの弁証法的イメージ」で博士学位取得。現在、光云《クァンウン》大学校教養学部教授。著書に『映画に見る精神分析』『フロイトの患者たち』『私の無意識の部屋』『フロイトの夢判断、無意識に現れる私を探して』、訳書に『ラカンを読む』『エクリを読む』『パララックス・ヴュー』がある。

脱走にはいつもアーテー（ἄτη）を突っ切る行為が伴う（†1）。

◉はじめに――固い壁を溶かすロウソクの炎の幕

四月十六日に発生したセウォル号の惨事を前にして、精神分析学は無力だった。十六日朝、その時間、私はフロイトの『夢判断』の青少年向け解説書を執筆していた。「親の顔色を見てその願望に縛られてもいけないし、外の世界が怖くて自分の殻に閉じこもってもいけない」。私が語りかけているまさにその年頃の子どもたちが無惨に水葬されているその同じ時刻、私はなぜこんな無意味なことを言っていたのか。「先輩たちに憧れて、それを真似して進路を決めてはいけない。誰かのとるリズムに合わせて踊る人生では、自分の力量を発揮することなどできない」。そんな仕様もないことを誰に対して言っていたのか。「小さい頃から「何が何でも理系」と決めて

†1　ソポクレス『アンティゴネー』第六一三―六一四行（「大いなる栄えは、／破滅を伴わずして、いかなる人も訪れぬ。」）を、ラカンの解釈によって再翻訳した〔以下、本章邦訳における『アンティゴネー』の引用は、中務哲郎訳（岩波文庫、二〇一四年）を参照した〕。

かかっている人がいるが、そんなことがあるはずはない。自分が本当に希望する方向なのか、立ち止まって考えてみるべきだ」。私はどこに向かって、この役に立ちそうもない言葉を垂れ流していたのか。「悩まずに前を向いて歩いて行けばいつか必ず、出発した最初の場所に戻ってくる。自分のリズムを見つけて、それを守っていくことだ」。時間が止まり未来が見えなくなったというのに、船のガラス窓一枚も破ることができない何の役にも立たない言葉を、いったい誰に向けて言っていたのか。私はいままで何をしゃべり散らしてきたのか。精神分析という学問は、止まってしまった時間をもう一度動き出させるために何ができるというのか。精神分析はむしろ、その判断を伴わない傾聴と何でも受け入れる態度で、理解してはいけないこと、理解できないことを理解してきたのではなかったか。性欲説、男根羨望、口唇期、肛門期、男根期、エディプスコンプレックス、エレクトラコンプレックス……、こうした用語でいったい何ができるというのか。

最近、私はずっと「百万人のための精神分析」と題して精神分析普及のための活動を続けていて、他人を本当に理解するとはどういうことか話してきた。精神分析の目で見ると、表面に現れない大きな悲しみを感知することができると語ってきた。それを把握し、理解し、克服できるように手助けしなければならないと教えてきた。悲しみと向き合う意識の重要性と、喪失を耐え抜く哀悼の方式について研究してきた。しかし、そんな理論や研究がいったいいままで何を準備してきたというのか。セウォル号の惨事と、それ以降私たちが目撃している状況は、私が知っている精神分析の常識が通用しない世界だった。この世界では、罪を犯した者が罰を受け、悔しい人が恨みを晴らし、歪曲された秩序が正される、そんな当たり前のことが行われず、犠牲者の魂を慰め、生き残った人たちの傷を癒す、その当然の話を始めることさえできない。国民が喪主になって皆で哀悼と治癒の流れをつくっても、すぐに、それを遮断して立ち塞がる壁が現れる。百日を超える時間、幾度となく傷つけられ、そのたびに怒ることしかできなかった遺族たちの心情はどうだろう。これではまるで、子どもを亡くした父母に寄り添って哀悼の言葉をかけるどころか、彼らの心臓目がけて刃物を突き刺すようなものだ。しかし、「人間」という要素が抜け落ちたその壁が遺族に行使した暴力を描写するのに、この比喩は十分ではない。絶えず襲いかかってくる妨害によって哀悼の過程が中断され、胸が張り裂ける思いの遺族の傷だらけの身体には、また別の傷が刻まれる。傷を受けた人にさらに傷を加え、倒れた人の心臓に短刀を突き立てるこの世界で、いったい私たち精神分析学者はこれまで何を語ってきたのか。

いまや精神分析は、個人的な問題だけにとどまっていることから抜け出すときが来た。彼にも事情があるという言葉では、もう実践的な現状分析はできない。いま私たちに必要なのは、「じっとしていなさい」という命令に抗するための理論的基盤なのだ。命令に抗してじっとしていない国民の力となり、理論的土台を提示してその力を増幅させ、本当の哀悼を企図することのできる理論、止まろうとする時間を揺るがし、未来に向かって流れていけるようにする理論。警察の阻止線の前に市民たちが立てたロウソクの炎の壁の威力を教え、その力を増幅させる理論、ロウソクの炎にさらに勢いを加え、塞いでいる壁をこじ開け、未来に向かって道をつけることができる理論が必要なのだ。

私たちのロウソクの炎の壁は、「人間」を撥ねつける遮蔽物ではなく、人間の連帯によって縫い合わされる「幕」である。それは人間らしさを覆って守る保護膜であり、それを破壊しようとするあらゆる暴力に抵抗する意思として、どんな鋭い武器でも破ることのできない盾であり、暗闇の中に捨てられた言葉と事実を世の中にさらけ出し、照らし出す光である。それはまた、細胞が細胞膜を通じてほかの細胞と疎通するように、他人の内部とつながることのできる受容体であり、終わりのない循環と再生のために、硬くなった内部を外部に排出するゲートでもある。そして、それは生きている有機体として、ロウソクを掲げた人たちの願いを天に伝える。私たちは、精神分析の領域でロウソクの炎の幕の役割を果たすことができる場所を探し出し、そこを中心に新しい理論的基盤を構築しなければならない。

そのためにまず私たちが試みなければならないのは、アンティゴネーを中心にオイディプスの物語を再構成する作業である。

◉アンティゴネーの倫理的選択――「非妥協」でアーテーの境界を突っ切る

ジャック・ラカンが七番目のセミナーで倫理的主体の例として取り上げるのは、アンティゴネーの行為である(†2)。アンティゴネーは、国家の反逆者として埋葬が禁止され、野ざらしにされた兄ポリュネイケスの遺骸の上に土と祭酒をまく。王クレオーンの布告は、禁を犯す者は死刑と告げていたが、彼女は、哀悼と埋葬という当然のことを行うのは自分の倫理的任務だと考える。何もしないでいるのは兄を裏切ったことになると言うアンティゴネーに対して、彼女の妹イスメーネーは、「自分より強い人たちに支配されている以上、今度のことも、いえもっと辛いことでも、聞かなければならない」と判断する。そして、「私としては、……権力の座にある人たちには従うつもり。だって、余計なことをするのは賢いこととは言えないもの」と、王の命令に従うよう姉を引き留める。アンティゴネーは、そのような考えは「神々が尊ぶことを蔑ろに」することだと怒り、死を辞さずに一人で兄の埋葬を行う。彼女は人間の法よりも天の法に従うことで、死への恐怖を克服する。

アンティゴネーは自らの欲望を妥協しない主体であり、その「非妥協」は、彼女に残された唯一の選択を選び取る行為を意味する。アンティゴネーの事例が示している精神分析的行為としての「選択」は、これとあれを比較してどちらかを選ぶことではなく、与えられた範囲の中から一つを選ぶことでもない。それは、天の法に従うため、それに反するすべての規律や体系に抵抗する勇気を意味する。私たちは、アンティゴネーのこのような行為を、彼女の父親であるオイディプスの行いと比較することができる。

†2　ジャック・ラカン『精神分析の倫理』〔ジャック＝アラン・ミレール編、小出浩之他訳、上・下、岩波書店、二〇〇二年〕。

オイディプスはスフィンクスの呪いからテーバイを救い、国家の秩序を回復するが、娘は倫理的選択を通じてその秩序に背き、世の中に天の法を回復させる。父親は自分の行動が意味することを理解できなかったが、娘は行為の倫理的意味をはっきりと自覚している。オイディプスの近親相姦は、普遍的共感を得ることが不可能な罪だったが、兄を埋葬しなければならないというアンティゴネーの意識は、民の共感を得る。父親と異なり娘には、同志のように彼女を支持し、連帯の綱をほどかなかった人がいる。それはクレオーンの息子ハイモーンだ。彼は父親である王に、「あの娘のことを国じゅうがどれほど嘆いているか」と伝え、考え直すよう忠告する。アンティゴネーの行為は反逆だという王の言葉に、ハイモーンは「テーバイの民は皆、それを否定しています」と屈服せず、最後には彼女とともにアーテーの境界を越えることになる。

オイディプスの課題は自分の無罪を証明することだったが、アンティゴネーの任務は神々の名誉を守ることだ。父親の人生は、個人のことと自分の悲劇的運命に埋め尽くされているが、娘の人生は、神の法とその神性を守護するための敬虔な行為として称揚される。予言者テイレシアスが露わにした真実が、オイディプスを絶望させたとすれば、テイレシアスがクレオーンに予言した真実は、神の法を高めることでアンティゴネーの正しさを照らし出す。父親は世の中の秩序を歪めてしまったが、アンティゴネーは世の中に神の秩序をうち立てる。娘は自分が受け継いだ父の過ちを贖罪し、世の乱れをただす。

そのような意味で、『オイディプス王』(*1)に描写されたオイディプスの悲劇的運命は、アンティゴネーの倫理的選択によって救いを受けると言うことができる。これは父と娘、二人についての話というよりも、一人の人の内部における罪と贖罪、無知と気づき、回避と対面の叙事なのかもしれない。それは、真実を求める内部への旅なのではないか。

キム・ヨンスが「さあ、もう一度言ってくれ。テイレシアスよ」(†3)で語っているように、「忘却と無知と錯覚」の中で真実に向けた質問を回避してきたすべての人は、彼自身オイディプスなのだ。『アンティゴネー』が要請しているのは、自分がやったことではなく、それどころか、自分が生まれてさえいないときに行われた犯罪についても、責任を持てということだ。つまり、私たちの知らないうちに、何気なく首を回している間に勝手気ままに行われた過ちと、それによって乱れた秩序を正すために、私たちに倫理的行為が求められるということだ。それは、口を開けて話すことであり、過ちを問い質して真実をさらけ出すことであり、同時に、神の法を敬うことだ。それは一言で言うと、「じっとしていないこと」である。

ラカンは、『ハムレット』(†4)とともに『アンティゴネー』を欲望の問題と関係付ける。両の目を開けていても欲望の真実を見ようとしない者にとって、アンティゴネーのイメージは実に不都合で恐ろしいものだ。ラカンがその中心に置く単語は、「アーテー」である。アーテーとは「限

＊1　ソポクレス『オイディプス王』(藤沢令夫訳、岩波文庫、一九六七年)。
†3　キム・ヨンス「さあ、もう一度言ってくれ。テイレシアスよ」(本書三三―四八頁)参照。
†4　ウィリアム・シェイクスピア『ハムレット』(福田恆存訳、新潮社、一九六七年、ほか)。

界」のことであり、人間はただ閃光を目撃するように、ほんの一瞬、その境界を覗き見ることができるだけだ。この単語は、「アンティゴネー」に二十回繰り返される。しかし私たちは普通、アーテーに接近したいとは思わない。そこは、私たちにとって慣れ親しんだすべてのことを諦めなければならない領域、象徴的な死に追いやられてしまう領域だからだ。アンティゴネーも、これまでの象徴界の秩序が崩壊してしまうアーテーの境界を越えることを恐れているが、彼女はクレオーンの布告に耐えられず、服従することはできなかった。ラカンは、どんなもの／人にも妥協しないアンティゴネーの「強情」を、「非人間」のものだと言う。そこには人間的ためらいや思考、計画や判断がない。それは倫理的必然であり、アンティゴネーという気高い人物の事例でなかったら、「怪物性」として描写されていたであろう特性である。「非人間」としてのアンティゴネーは、自身の存在がたとえ象徴的な死を迎えることになるとしても、切実さと緊迫さに駆り立てられるように、ただ一つの必然的選択を選び取ることができるだけだ。

ラカンは「論理的時間と予期される確実性の断言」(†5)において、切実さから始まる必然的選択を「真実」と呼んでいる。ここでも、究極の真実を求めるのは罪を犯した人たちである。ラカンは、人々の声としてのコロスが、アンティゴネーの「強情」はオイディプスの「強情」と同じだと言うとき、彼らは彼女をまったく理解していないのだと言う。オイディプスの強情は、無知ゆえに、運命の罠に飛び込むことになるが、アンティゴネーが見せる「非人間」としての「強情」は、意思でアーテーの彼岸を目指しているからだ。ラカンは、アンティゴネーにアーテーの境界を突っ切るように駆り立てるもの、それはまさに彼女の欲望なのだと言う。

　アーテーは「大文字の他者」〔象徴界〕の領域として、その中心にはクレオーンの法の支配が及ばない空白が存在する。その空白に進むことで、私たちは「大文字の他者」の閉鎖構造を明らかにすることができる。その向こうにあるものが空白自体ならば、アーテーの彼岸に進むということは何を意味するのか。空白は、人間の法を構築する中心であると同時に、人間の法が象徴界すべてを満たすことができないようにする内部の穴／事物である。前者においてそれは内的原因として機能し、後者においては境界の外部のシミとして経験される。アーテーは主体の最も内奥の深部で発見される境界であり、それに接近する瞬間、私たちが運命として受け入れている象徴界の秩序に穴を開けられるようになる。そのとき一瞬、閃光のように人間の法は天の法と触れ合うことになる。この場所で初めて、新しい始まりと変化が可能となるのである。

　私たちはフロイトの夢の事例においても、アンティゴネーと同じように、象徴界の秩序に穴を開けようとする試みを観察できる。フロイトの夢の事例は、個人を縛り付けている記憶と社会的アイデンティティという、内面的／外面的な監獄から抜け出すための主体の努力を見せてくれる。『夢判断』（†6）で分析される次の事例は、監禁と解放を直接取り上げているという点において、変

†5　ジャック・ラカン「論理的時間と予期される確実性の断言」〔『エクリI』宮本忠雄ほか訳、弘文堂、一九七二年〕。
†6　フロイト『夢判断』〔高橋義孝訳、新潮文庫、上・下、一九六九年〕。

化の可能性と主体性の誕生についての代表的例示と言える。

◉行為する主体のために——フロイトの「トゥーン伯爵の夢」における監禁と解放のモチーフ

フロイトの最も重要な著作といえば、精神分析の方法論を書いた『夢判断』であろう。この本に言及されている多くの夢の事例のうち、最も代表的なものを一つ選ぶとすれば、それはトゥーン伯爵の事例として知られる、抑圧と抵抗に関連したフロイトの自己分析である。私たちはこの事例を通じて、フロイトの過去の記憶と、現在の問題と、未来の夢を読むことができる。

叙述全体は二つの部分から構成されていて、一つ目は自分を閉じ込めている家から抜け出す話で、二つ目は自分を縛り付けている社会、町から抜け出そうとする努力と関連した話だ。二つの話にはともに出口を塞がれたイメージが出てくるが、フロイトはどちらも閉じ込められた場所を抜け出るのに成功する。フロイトにとって、すべての質問を遮り自立への途に立ち塞がった最初の対象は、父親だった。父親は、フロイトが望む生き方には関心がなく、生涯、息子と心を通わせることができなかった。そんな父親が決めた生き方、期待した人生から抜け出すことが、フロイトにとって夢の最初の目標となった。フロイトの人生を裁断し、彼の存在を一方的に規定し、それについての質問や対話さえ許そうとしなかった二番目の対象は、反ユダヤ主義が充満していた当時の社会である。夢の余情には、自分を閉じ込める監獄から抜け出そうとするフロイトの現実の中での闘争が反映されている。フロイトは、夢と現実の双方で、高くそびえている壁を壊し、その向こうへと一歩を踏み出す。フロイトの夢を読んでみよう。

人混み、集会のようだ。トゥーン伯爵と思しき人が演説をしている。ドイツ人について一言しゃべるよう言われると、伯爵は、彼らが好きな花はフキタンポポだと嘲《あざけ》るように言う。私は怒り出した。そんな自分の考えを自分で訝《いぶか》しむ。

講堂のようなところにいる。出口はみな塞がれている。逃げ出さなければならない。廊下を歩いている。(……)監視の目を逃れて外に出る。われながらうまくやったと思う。下の階に降りると狭く険しい坂道がある。そこを登っていく。

さっきは家を抜け出さなければならなかったが、今度は町から出ていかなければならないようだ。馬車に乗って馭者《ぎょしゃ》に駅に行けと命じる。抗弁する馭者に「レールの上は一緒に走れないよ」と言う。普通なら汽車で走るところを、しばらくもう馬車で走ったとでもいうようだ。駅はどこも人がいっぱいで、どこへ行こうかと思案したが、グラーツに行くことにする(†7)。

父親はいつかフロイトが過ちを犯したとき、「そんな者は大きくなってもろくな人間にならな

†7 同前書〔邦訳書、上巻、二〇〇五年改版三五七—三五八頁参照〕。

い」と声を張り上げた。父親も忘れてしまったこの事件をフロイトはずっと心にしまっていたが、時間が経ってその声は内部化してフロイトを苦しめることになる。夢に出てきたフキタンポポは、フロイトが「pissenlit」というフランス語の単語を先に思い浮かべた後、ドイツ語に翻訳したものだ。実際、「pissenlit」はタンポポという意味だ。彼はなぜ、この単語を夢の最初に思い浮かべたのか。単語を分解してみると「piss en lit」、すなわち「ベッドに小便をする」という意味になる。もちろんこれには父親が関係している。幼いとき、そのためにしばしば辛い目に遭っていたのだ。嘲笑の対象は自分であり、だから彼は、自分でも驚くほど真顔になって腹を立てる。

自分の中で聴こえる父親の声に抵抗して、それから抜け出すことができなければ、私は結局、未来に出会うことになる他者たちとの関係においても、父親の前でいつもそうだったのと同じように、いじけた態度で顔色を窺うことになるだろう。その間に私の心の中の炎は立ち消えて、何を望むのか、何をしなければならないかの決定は、私をろくに知りもしない他人によって下されることになる。この最初の監獄を抜け出すことができなければ、私たちは決して主体的な決定と決断の時間に到達することができない。現実の場面でフロイトは、トゥーン伯爵が手振りひとつで自分の意思を通してしまう姿を目にした。伯爵と集会は、自分の思いを貫徹させようという意思を表しており、夢の前面に配置されて、フロイトはその余情から夢の中で必要とするエネルギーを得ている。以降、フロイトの連想は、先輩と対決して勝利した経験、教師の権威に反抗した記憶へと続く。

二番目の部分は、ユダヤ人であるというフロイトのアイデンティティに関連している。ザクセン地方を汽車旅行したとき、男たちの集団が、ユダヤ人への反感を露骨にさらけ出してフロイトの家族を侮辱したことがあった。フロイトが夢で、馬車に乗って長い時間線路を走ったようだと思うのは、彼がずっとそんな屈辱を感じて生きてきたことを表している。果たしてフロイトは、この空間を抜け出すことができたであろうか。彼は夢の中で目的地をグラーツに決めるが、「金は何の問題でもない」という意味で使われる「Was kostet Graz」という表現に出てくるこの都市名は、フロイトを「限界のない空間」へと導いている。すなわちここには、すべての制約から抜け出たいという彼の心が表現されている。それはフロイトが、その最晩年になって『モーセと一神教』(†8)を書くことにつながっていく。

この本で彼は、モーセが実はエジプト人であったという仮説を提示し、ユダヤの太古の歴史を再構成していく。モーセの出自について疑問を差しはさみ、一神教の純粋性を壊し、ユダヤ教を解体(*2)することで、フロイトは二番目の夢から始まった脱出記を完成する。それは歴史が神話として化石化する過程に介入し、当然とみなされてきた核心部分に質問を投げかける行為であり、

---

†8　フロイト『モーセと一神教』〔渡辺哲夫訳、ちくま学芸文庫、二〇〇三年〕。

＊2　ここでいう「解体」は、単なる否定や破壊ではなく、概念の土台を揺さぶり、その伝統的な仕組みや構築のあり方を露呈させ、問い直す意味で使われている。西洋形而上学の根本諸概念を解きほぐしていく作業という意味でハイデガーが用いた用語。

すべての固まってしまったことを揺さぶり、そのなかに変化の可能性を吹き込む試みであった。フロイトが試みた宗教的アイデンティティの解体は、今日、ガザ地区の百八十万のパレスティナの市民たちに対して勝手気ままに振り下ろされる反人類的暴力が、歴史の中で織り上げられてきた虚構のアイデンティティとどのように関連するのか明らかにできる思惟の武器でもある。

精神分析は、個人を内的、外的に監禁している構造を分析し、それからの解放を目指す実践的学問である。変化のために、私たちはアーテーの境界に進まなければならない。その境界に到達したとき、私たちは家も町も封鎖されている現実と直面することになる。変化と新しさは、その境界に身体全体でぶつかり、それがどのように私たちの思惟と行動を制約しているのかを体験するとき、初めて可能となる。そこには常に切実さと緊迫さが伴い、まさにその瞬間、精神分析的行為が可能となる。

◉逡巡する主体――他者の時間を離れ、決断の時間に至る法

『ハムレット』の舞台となっているデンマークはもう、世を去った者たちを哀悼しない。廃墟と化した国に戻ってきたハムレットは、この場所で自分に課せられた任務が何であるか、はっきりと自覚している。それは歪められた秩序を正すことだ。それゆえハムレットの悩みは、アンティゴネーの義務と変わらない。彼らの任務は、天の法が廃《すた》れてしまった世の中に立ち向かい、天とつながる新しい法をつくり出すことだ。

ラカンは六番目のセミナーで、『ハムレット』を哀悼が不在となった悲劇とみなしている(†9)。劇が始まって私たちが目撃するのは、当たり前のことが当たり前に行われなくなった世の中の姿だ。世を去った人たちをきちんと弔うしきたり自体が消え、死を哀悼する手立てが失われた世の中で、ハムレットは決断の時間が近づいていることを直観する。父である先王の幽霊は、すでにハムレットが自覚している義務を呼び起こす役割をするだけだ。幽霊が出没するのは、亡者の死が哀悼されなかったからであり、彼の言う復讐は、私的な課題というよりも、世の中を変えろという内なる声にほかならない。

この課題を前に、ハムレットはためらっている。すべてが明らかになっても、彼の心をいっぱいに満たしているのは意志の弱さと無力さだ。彼は、新王となった叔父クロディアスの先王殺しの告白を前にしても、依然として決断することができない。ハムレットはまだ止まっている。彼は動くことを恐れている。クロディアスの命令でイギリスに旅立つ場面でも、私たちはただ命令に従順なだけのハムレットの意気地のない姿を見ることになる。劇は、ハムレットが繰り広げる自分との長い闘いを淡々と追っている。それは自分に課せられた義務を受け取る過程でもあった。四幕四場で、ハムレットはノルウェーの王子フォーティンブラスと出会う。自分とは違って、迷わず、未来にも確信を持っているように見える彼との出会いを通じて、ハムレットは決断と行為

†9 Jacques Lacan, *Le Séminaire, livre VI : Le désir et son interprétation*, Paris : édition de la Martinière, 2013.

へ進む力を得る。

幕がかわって五幕一場になると、ハムレットは恋人オフィーリアの埋葬の場面に行き合う。それは鎮魂歌も最後の祈りもない、略式のみすぼらしい葬儀だった。その瞬間、ハムレットは切実さと緊迫さに目覚める。そして、兄の死体が野ざらしにされ埋葬が許されなかったとき、自分に与えられた必然的な選択を受け入れたアンティゴネーと同様に、彼もまた運命の命じるままに、ついに彼自身の妥協できない欲望に従うことになる。「我こそは、デンマーク王子ハムレットだ」(†10)という彼の言葉は、その証である。

ラカンは、ハムレットが「他者の時間」に生きる人間だと説明する。彼は自分自身が願うことを知らず、絶えずほかの人間たちの欲望に振り回される。幽霊の時間、母親の時間、叔父の時間に留まっていた彼が、自分の名前を声に出して、やっと彼自身になるのだ。この地点で欲望の悲劇は、アンティゴネーの時代に遡り、運命の悲劇として昇華される。

五幕二場になると、ハムレットは結局、人間の努力の最後の仕上げをしてくれるのは神なのだと考える。そして、自分の役割を受け入れる覚悟をする。懸命にやって、後はそのときが訪れるのを待つしかないというハムレットの言葉から、私たちは再び天の法を想起することになる。こうしてハムレットは決断の時間にたどり着く。

ラカンは、「論理的時間と予期される確実性の断言」において、精神分析の時間の概念はまったく主観的なものだと説明する。決断の時間は理解の時間を前提とする。理解の時間は、ためらいの時間を経たあとにようやく主体が到達できる地点である。ラカンはそれを不確実な時間とも呼ぶ。私たちはためらいと不確実さを通じてのみ、何を選択しなければならないのか、現在の時間が何を意味しているのかがわかるようになる。ラカンによれば、理解の時間は常に他者との関係の中で現れる。私たちはそれぞれ他者の時間を観察して、そのなかで、自分の固有な時間を探し出さなければならないのだ。動く時間を止めてしまうためらいと、死のような沈黙の中で、主体を動かすのは切実さと緊迫さである。ラカンはこれを自由を目指す動きとも呼ぶが、切実さによって駆り立てられた跳躍は、主体を真実に導くことになる。

主体が躍り出て自分の真実を話し始めるとき、私たちは彼が決断の時間にたどり着いたことを知るのだ。

◉ジジェクのレーニンとユングのヨブ——天の法、そのユートピア的炎を守り通す道

スラヴォイ・ジジェクの『厄介なる主体』(†11)は、タイトルとは異なり、決断の時間に至る精

---

†10 シェイクスピア『ハムレット』〔前掲邦訳書、一九三頁参照〕。原文は、「This is I, Hamlet the Dane」(W. Shakespeare, "Hamlet," *The Tudor Edition of William Shakespeare: The Complete Works*, London: Collins, 1959, p. 1067)。

†11 スラヴォイ・ジジェク『厄介なる主体——政治的存在論の空虚な中心』〔鈴木俊弘・増田久美子訳、青土社、1・2、二〇〇五—二〇〇七年〕。

神分析的主体の姿を観察することができない。オイディプスとハムレット、行為と主体の概念が言及されるが、それは『斜めから見る』(†12)で取り上げた、ぞっとするような現実界というブラックホールについて繰り返すだけだ。この本でジジェクは、ヘーゲルの『イェーナ体系構想』(†13)の中の精神の概念の部分に言及されている、血まみれの頸が飛び出し、別の青白い亡霊のような幻影が突然その頸の前に現れ、やがて消えていく、そんな恐ろしい世界の闇夜の中に沈潜する。そして彼は『大論理学』(†14)へと進んでいく方向性を見失い、彼が倒錯的に執着する現実界のブラックホールに閉じこもる。

このような状態で執筆した著書に、境界へと進んでいく勇気と解放のための模索が発見できるはずは決してない。切実さがなければならない場には恐怖が敷き詰められており、行為に踏み出すために緊迫さがなければならない空間には、象徴界との接点を失くした現実界の空虚さだけが存在する。この本の中のジジェクは動かずにいる。したがって、彼が説明するオイディプスは怨恨に埋もれた老人となり、行為の主体はぞっとするような無頭の主体に退行する。解釈を可能にするすべてのS1(†15)を否定し現実から逃避する彼が、ぞっとするような空白としての主体にどんな究極的行為を企図することができるというのか。精神病的空間に似たこの絶望の叙事からジジェクを救い出すのは、レーニンである。レーニンとの出会いによって、現実界に囚われていたジジェクは、ついに絶望の時間をくぐり抜け、事物の深淵を抜け出して象徴界に帰還し、ようやく過去への時間旅行を試みられるようになる。

『迫り来る革命』(†16)でジジェクは、レーニンの失敗に終わった革命の成果を強調する。ジジェクによれば、失敗した革命は歴史の中で起こるかもしれなかったこと、私たちがつくることができた世の中のシニフィアン〔記号表現〕である。これはまさしく、ベンヤミンが復元と発掘と教育を要請する過去の遺産として、新しい世の中に対する夢と期待、そしてその周囲に脈打つ力を意味する。ジジェクは、シアトルのデモを通じてそのような世の中が実現する姿を見た(＊3)。シアトルのデモは新しい連帯の可能性を切りひらいた成功の事例であり、ジジェクはまさにこれが、レーニンという名前に染み込んでいる「ユートピア的炎」をよみがえらせる行動だと考えた。ジジェクは、いまレーニンに回帰しなければならないと主張しているのではない、レーニンの失敗を

†12 スラヴォイ・ジジェク『斜めから見る——大衆文化を通してラカン理論へ』〔鈴木晶訳、青土社、一九九五年〕。

†13 G・W・F・ヘーゲル『イェーナ体系構想——精神哲学草稿Ⅰ・Ⅱ』〔加藤尚武ほか訳、法政大学出版局、一九九九年〕。

†14 ヘーゲル『大論理学』〔武市健人訳、岩波書店、上・中・下、一九六〇—一九七五年〕。

†15 ここでS_1は言語の意味作用が誕生する出発点を指しており、その結節を中心として象徴界の秩序が構築される。

†16 スラヴォイ・ジジェク『迫り来る革命——レーニンを繰り返す』〔長原豊訳、岩波書店、二〇〇五年〕。

＊3 同前邦訳書、二一〇頁。シアトルのデモは、一九九九年十一月に開催された貿易規制撤廃に向けたWTO閣僚会議に反対する、反グローバリゼーションを主張する多数の市民、NGOによる抗議活動のこと。

受け入れ、彼によって開かれた可能性の領域を回復することがカギなのだと言う。以前のジジェクが主体の中の深淵に埋没し、もがいていたとすれば、いまやジジェクは、レーニンの中にあるレーニン自身を超えるものを象徴界の中心に回復しようとしている。

『操り人形と小人』(†17)で彼は、ラカンの現実界を「非全体としての象徴界」と定義する。以前の現実界がすべてのものをかすめ取るぞっとするようなブラックホールとして、主体性と実体性を奪ってしまう中心であったとすると、これに立ち向かう新しい現実界は、象徴界の中心を空け、そこに歴史的時間からくみ上げたユートピア的炎を回復させる内部の空白である。またジジェクは、主体の決断なしではどんな事件も起こり得ず、本当の革命は切実さと緊迫さの中でのみ発生するとも言う。彼は主体性の介入をメシア的時間(*4)と定義するが、それは客観的な歴史の進展の中で出現する結果ではなく、象徴界を突破して堕落そのものの中に救いの可能性を生き返らせる主体の行為を通じて実現するものなのだ。すなわちレーニンの失敗が語ってくれるように、他のところというのは存在せず、いまこの場所で、救いの炎をおこすことができなければならないということだ。

ジジェクは、これをカントからヘーゲルへの展開とも説明している。現象の向こうに物自体を仮定するカント的宇宙から、現象の間の不一致という事態をより根本的な変化の動力と見るヘーゲル的論理へ移行しなければならないという意味だが、彼はこれをヨブ記の解釈と関連づける。ジジェクの解釈によると、私たちはヨブ記では全能の神に対面することができない。神はすべてのことを解決してくれる彼方にいる究極的実体ではない。そしてヨブの叙事がイエスの受難において繰り返されるとき、神の無力さがさらに明確に表れる。「わが神、わが神、なぜわたしをお見捨てになったのですか」[†18]というイエスの嘆きから、神とイエスとを分離させる隙間が生まれることになり、まさにこのギャップ、あるいは一つのものを本来の一つのものになれないように邪魔をする極小の差異が、救いの時間が現れる隙間なのだ。

ジジェクは、一つのものの二つの側面のあいだに内在するギャップが進歩の動力であると説明しているが、ここで問題は、ヨブの場合とイエスの場合とで、想定されている神の位置に変わりがないということだ。ジジェクの説明どおりならば、神はヨブ記でも、そしてイエスの受難でも、ともに無力である。むしろ後者が前者の状況を具体的に表現しているのだ。一つの実体の持つ二つの側面のあいだの亀裂によって、神ははじめから全能ではいられなかったということだが、このようにして極小の差異自体に焦点を当てるようになれば、神という理念は、統制的理念というよりも内的対象、すなわち構成的原理に変わることになる。実際には、ジジェクが神の行動を判断していたのではないのか。極小の差異のもととなるギャップ自体が強調されるとき、私たちは

---

†17 スラヴォイ・ジジェク『操り人形と小人——キリスト教の倒錯的な核』〔中山徹訳、青土社、二〇〇四年〕。

＊4 ベンヤミンが唱えた概念で、即時的現在において過去と未来のあらゆる時間性が同時性として噴出する時間。

†18 「マタイによる福音書」二十七章四十六節〔『聖書　新約聖書』新共同訳、日本聖書協会〕。

再び方向性を失うことになる。『パララックス・ヴュー』(†19)になって、何もしないバートルビー的主体(＊5)が誕生するのはおかしなことではない。この地点で私たちがこれと比較しなければならないのは、ユングのヨブ記の解釈である。ユングの叙述は、私たちに再び天の法と道徳律について論じられる場を提示している。

カール・グスタフ・ユングは『ヨブへの答え』(†20)で、ヨブを神より優越した人間とみなす。ヨブは、神が自分を理解するよりもっと正確に、神について知っている。神は、どうして被造物である人間がより優れた知識を持っているのか理解できず、イエスの誕生は神がその答えを探す一つの方式であった。神は人間としてヨブの苦痛を体験することになり、最後の瞬間、「わが神、わが神、なぜわたしをお見捨てになったのですか」という叫びによってヨブに応答している(＊6)。このように人間を経験し、対極の合一を成し遂げた神は、旧約の神を超えた境地へと高められる。このようなユングの解釈で重要なのは、ヨブが神の法についてさえ、それが不当な場合は質問をするということである。それは人間が、抗いようもなく限界（アーテー）を横切ってしまう行為でもある。ヨブは神によって課された試練について質問し、この切実な質問を通じて彼は構成的原理としての天の法を、実践的自由と道徳的行為を可能にさせる統制的理念に戻している。

私たちはいままで、私たちの行動と思惟を規定するすべての枠組みについて質問し、内的、外的思惟を制限するすべての強圧的要素に抵抗しなければならない、と主張してきたのではなかったか。ユングのヨブ記の解釈は、もし神の命令自体が天の法とずれがあるのならば、それについて質問して、神自身が天の法に従うようにさせなければならないということを教えてくれている。これは私たちが、「じっとしていなさい」という内部／外部の声に抵抗するための前提でもあるのだ。

◉おわりに――抵抗の日常化のために

ジュディス・バトラーが『戦争の枠組』で述べているように、『アンティゴネー』は、公共による哀悼に差別があるのはまさに政治的問題なのだと教えてくれる(†21)。彼女は、哀悼される生命と哀悼されない生命を分ける線、保護に値する生命と保護に値しない生命を分離する線が、ど

---

†19　スラヴォイ・ジジェク『パララックス・ヴュー』(山本耕一訳、作品社、二〇一〇年)。

＊5　バートルビーは、アメリカの作家ハーマン・メルヴィルが一八五三年に発表した短編小説の登場人物。法律事務所に書写人として雇われた生気のない青年バートルビーは、書写以外のあらゆる仕事の遂行を穏やかな口調で拒絶し、やがて書写の仕事自体も拒むようになる。解雇を言い渡しても、事務所を移転しても、そのまま居座り続け、就職口探しなどのあらゆる提案を拒否した彼は、ついに警察の手で拘置所に連れて行かれ、そこで食事を拒んだまま息絶える。

†20　C・G・ユング『ヨブへの答え』(林道義訳、みすず書房、一九八八年)。

＊6　同前邦訳書、七三頁。

†21　ジュディス・バトラー『戦争の枠組――生はいつ嘆きうるものであるのか』(清水晶子訳、筑摩書房、二〇一二年、五五頁)。

んな種類の規範／型／壁によって私たちに突きつけられているのか質問しなければならないと強調する。この質問のあとに続くのは、生き延びる条件を守り抜くための私たちの「倫理的決定」と「政治的責任」だ。

セウォル号の惨事は、私たちが船齢制限の規制緩和という新自由主義的措置を食い止められなかったとき、すでに予見できた事故だった。同じ警告は二〇一二年にも発せられていた。福島の原発事故から一年も経たない二〇一二年二月九日、古里《コリ》原発一号機で電力供給が完全にストップする事故が起こった。古里一号機は韓国初の原発として一九七八年に稼働を開始し、設計寿命の三十年を超過していたが、二〇〇八年一月十日、運転期間延長の許可を受けて再稼働していた。イ・ユジン緑色党共同政策委員長の説明によれば、二〇一二年までに韓国国内で起こった四百四十一件の原発の運転停止事故のうち、百八件が古里一号機で発生していて、廃棄対象の部品の納入など、さまざまな不正と事故の隠蔽などの問題が明らかになったにもかかわらず、二〇一二年七月四日、原子力安全委員会は古里一号機の再稼働を許可した。古里一号機の以前にも鋭い警告音は鳴っていた。二〇一一年十二月十三日には蔚珍《ウルチン》原発一号機、十二月十四日には古里原発三号機、そして二〇一二年一月十二日には月城《ウォルソン》原発一号機が、冷却ポンプの誤作動で発電がストップしていたのだ(†22)。

セウォル号の惨事は、私たちに課された倫理的決定と政治的責任は決して回避できないことを教えてくれた。切実さと緊迫さによってアーテーに到達し、手に持ったロウソクの炎をつなげて幕をつくり、ともに境界を突っ切る質問を投げかけ、象徴界の中心に変化の機運を吹き込まなければならない。

その始まりは日常において質問を始めることだ。まず、これまで私という存在を内部から縛り付けてきたものは何なのか、質問しなければならない。自分を閉じ込めている監獄、私を逃げられなくさせている構造を見つけ出し、そこから脱出できる扉を見つけなければならない。そうして初めて、私たちは外部からの抑圧について質問できるようになる。二〇一四年四月十六日以前だったなら黙って見過ごしてきたことについて、もう一度考えてみなければならない。自分でも驚くほど自分の感情と考えを表出しなければならない。心と身体の自由が奪われている状況について分析し、それを声に出して言わなければならない。そして一つずつ正していかなければならない。

抵抗の日常化、それだけがセウォル号で死んでいった子どもたちとの約束を守る道だ。私たちはいま、倫理的必然と向き合わなければならない決断の時間を生きている。

†22 密陽《ミリャン》送電塔の真実については、ハ・スンス緑色党共同運営委員長のOhmyTVでの講演とインタビュー(http://omn.kr/58id)を、また福島第一原発事故以降、放射能で汚染された土地で暮らし、やがてばらばらになっていく酪農家たちの状況については、事故後の八百日間を記録した豊田直巳・野田雅也監督のドキュメンタリー『遺言――原発さえなければ』(二〇一四年)を参照のこと。

セウォル号の惨事から何を見て、何を聞くのか

ホン・チョルギ

ホン・チョルギ

一九七六年生まれ。ソウル大学校政治学科博士課程修了。現在、政治的代表概念に関する学位論文を執筆中。著書に『現代政治哲学の冒険』（共著）、訳書にブルーノ・ラトゥール『私たちは決して近代人だったことがない』、ジョルジョ・アガンベンほか『民主主義は死んだのか？』（共訳）などがある。

◉目の前で繰り広げられた公的無能力の光景

私たちが見守ったのは無能力の光景だった。集団的な、まるごとすべての無能力だった。三百人を超える乗客が救助されず、救助しようとさえもされずに沈没した。沈没するのをただ見ているだけだった。セウォル号の悲劇は最初から最後まで、いや、この悲劇はいまだに終わることなく続いているのだが、今のいまに至るまで、無能力以外のどんな言葉で言い表せるのか。行方不明者の捜索以外には何の有効な措置もとられず、誰も公的な責任を取らずにいる。惨事の発生前に防げたはずの機会と兆候は見逃され、無視され、(いまやこの惨事の象徴となった)「じっとしていなさい」という船内放送も含めて、その責任を負う者は誰もいない。船内に残された生存者を誰一人救い出すことができなかったことはもちろんだが、この全体の無気力で無能としか言いようのない事態がどうして起きてしまったのか、真相究明も始まらず、その手順についてさえ決定を下せない、集団的な二重の無能力。何より、責任を取る人も、責任を問う人も現れない総体的無能力が、惨事の凄まじさとともに私たちに強く刻印されている。これはもう、ただ安全不在の社会、責任を取らない国家の問題と言うだけでは済まない。海運業者とその監督機関の事故に対する責任、そして事故が発生して以降の公権力と行政機構の対応の失敗の原因と責任は、当然明かされなければならない。しかし、セウォル号の惨事を通して私たちの目の前で繰り広げられた無能力の光景を、それだけで終わりにすることはできない。何よりもこの悲劇は、単なる一つの事件、極めて偶然に発生した事件ではなく、韓国社会の深淵から発信された救助信号でもあるのだ。この信号は、私たちの身近で見慣れた場面が、あまりにも衝撃的な無能力の光景とほんの紙一重でつながっていることを教えてくれた。私たちはこの無能力を直視して、その正体を明らかにしなければならない。ひょっとすると、日常性とのつながりの面から、アーレントの言う「悪の陳腐さ」を思い起こす人がいるかもしれない(†1)。しかし、いま論じなければならないのは、「私たち」自身も決して例外とは言えない、社会全体に広がった無能力についてではないのか。

それは全面的であると同時に、公的な性格の無能力という意味で、「私たち」の無能力である。裏返して言えば、それは政治的動物として私たちが備えていなければならない、公的能力の総体としての不在、あるいは喪失と言ってもよい状態のことだ。この無能力の主体が「私たち」だと言うとき、それは韓国社会に生きている一人ひとりの個人の集まりのことではない。それは市民全体という社会的、公的な身体の顔であり、その名前としての「私たち」である。ここで無能力の主体を、特定の個人や集団ではない共同体全体に置くと言っても、私たち皆が反省する問題であるとして海運業者と当局の法的、政治的責任の所在の問題を相対化したり希釈しようという意図はまったくない。ここで主張したいのは、この事態を直視して真相を究明し、対応策を構築しなければならない主体が、「彼ら」ではなく「私たち」なのだと考えるような、より積極的な政治哲学が必要だということだ。もちろん、セウォル号が沈没する光景の中に国家は不在であり、大韓民国の社会は管理されていない「危険社会」だという事実が明白になったという主張はまったく正当であり、なんら疑問を差しはさむ余地はない。しかし、そのような診断だけでは、私たちの公的能力喪失の原因とその結果を、より大きな絵柄から眺めることは難しい。とくに私たちの公的生活の核心をなし、同時に「民主主義の民主化」において中心となる政治的責任と公的制度がまさに直面している、そのなし崩し的な崩壊と腐敗、すなわち「市場化（privatization〔民営化〕）」の問題が蚊帳の外に置かれたままになってしまうのだ。

私たちの時代に顕著に進行している市場化は、一般に新自由主義と呼ばれてきた。セウォル号の惨事と新自由主義の間には、明らかな因果関係が存在する。セウォル号という老朽化し構造上も問題がある船を、何でもないかのように運航を許可した規制緩和の流れや、海洋警察が実質的な救助活動を放棄して、私企業に自分たちの公権力と任務を移転してしまった公共部門の民営化は、新自由主義の市場化の最もわかりやすい表れである。同時に、国家の縮小と市民社会の市場化のもとで、人間の生命や共同体の安全といった規範的価値が、物質的利润に従属させられる傾

---

†1　ハンナ・アーレント『イェルサレムのアイヒマン――悪の陳腐さについての報告』〔大久保和郎訳、みすず書房、一九六九年〕。

向が加速されたこともまた、新自由主義に起因する。しかし、新自由主義の市場化はそれにとどまらない。二〇〇八年の金融危機以降、新自由主義のさまざまな側面についての否定的で批判的な評価は、もはや少数意見ではないことが明らかとなった。国家を市場に置き換えようとした新自由主義は、少なくとも目に見える範囲ではその失敗は明らかである。しかし、新自由主義はほかの場所で成功した。

新自由主義は、私たちのほとんどすべてのものを市場化したが、市民の側からの対応が不在なまま、市場化が最も根本的に進められたのは、まさに社会であった。こう言い換えてもよい。市場化が最も成功し、一方でこの市場化にどう対峙したらよいか、いまだに対案さえ示されていない領域は、主体性と社会的関係である。公的な能力を欠落させた主体性の効率的な生産は、社会的関係の市場化と不可分だった。政府の政策レベルでの新自由主義の失敗が明白になったにもかかわらず、私たちがそれを容易に克服することができず、有力な対案を示せない理由も、私たち自身が市場化された主体性で構成されているからではないか。そして、私たちがいま、目撃している無責任と無能力の光景が、存在論的な意味での市場化の結果と無関係だと考えることはできない。

◉新自由主義と市場化された主体性

私的には有能であるように要求され、一方で公的な能力は完全に欠落した主体性を生産し、そうした主体に固有な社会的関係を産み出すという意味で、新自由主義とは「政治」を「経済」によって代替してしまおうという企てであるだけでなく、より本質的には「経済的なもの」が「政治的なもの」の占めていた位置を占めることになる、新しい「統治のパラダイム」でもある(†2)。

私たちは、政治が経済によって代替されるという言葉の意味ならよく知っている。政治、経済とは、文化、芸術、社会、技術など人間活動の多元的領域のうち、まさに「政治」あるいは「経済」と呼んでいる一定の領域のことだ。経済が政治を代替するというのは、経済の領域からの国家の後退、あるいは政治と社会の領域を経済の論理に従属させるという意味となるだろう。いまや国家から自律的な市民社会は、市場に代替されるか、それと同一視されるのだ。

それでは、経済的なものが政治的なものの位置を占めるというのはどんな意味だろうか。政治的なものとは、政治の存在論的条件、あるいは土台を意味する。それは、特定の行為や活動を「政治的」と表象すると同時に、これに「政治的」性格を付与するための条件としての「規準」である。人間の多様な集合的行為と関係を、政治的あるいは非政治的と「表象」すると同時に、

---

†2　新自由主義がただ政治の経済化、あるいは社会の市場化ではなく、政治的なものが経済的なものによって代替されることで特定の主体性を生産する権力であるという、政治哲学的分析については、佐藤嘉幸『新自由主義と権力――フーコーから現在性の哲学へ』〔人文書院、二〇〇九年〕の第一部を参照のこと。「統治のパラダイム」に関しては、ジョルジョ・アガンベン『例外状態』〔上村忠男・中村勝己訳、未来社、二〇〇七年〕の第一章を参照のこと。

この関係に「介入」し、これを同じ方式で再組織する規準が、まさに政治的なものから提供される(†3)。それは、社会関係を把握し多元的領域に範疇化する私たちの思考方式を構成すると同時に、同じ方式で社会関係を組織化し再編する根拠となる(†4)。

そう考えたとき、新自由主義は古典的な経済自由主義の延長線上で、社会をただ市場としてのみ表象する。ところが古典派の場合と異なり、「見えない手」の調和に依存し、自由放任原理によって社会に介入しない権力は受け入れない。新自由主義はむしろ、このような表象に基づいて社会が再編されるように積極的に介入するという点において、「経済的なものによる統治」である(†5)。まさにこのような意味で、新自由主義は経済的なものをただちに政治的なものにしてしまう。このような代替の最も明白な結果は、公共領域の民営化ないしは市場化にとどまらず、まさに「自己マネージメント」や「自己開発」というお馴染みの言葉が表すような、主体性自体の市場化であり、市場原理を内面化した主体性の生産にまで拡張される。

主体性の市場化を通じて、私たちが失ってしまうことになる公的能力とは何か。それは公的に行動し、話す能力である。アーレントが言ったように、それは私と同等であるが私とは異なる、すなわち平等でありながらも多元的な同僚市民たちの前に、自分の「姿」(あるいは「実状」)をさらけ出しながら行動し、発言できる能力である(†6)。アーレントの定義があまりに古代ギリシャのポリスのモデルに依存していると感じるならば、公的能力の定義を次のようにアップデートしてもよい。すなわち、公的能力とは、同等で多元的な同僚市民大多数の前に自分の姿をさらけ出すことで、彼らの目と耳に露出されることを前提として、あるいはそのような可能性を感受しながら、話し、行為する能力である。そして、このように市民たちが自分の姿を市民全体の前にさらけ出す場所が、すなわち公的空間である。二十世紀を生きたアーレントにとって、「全体主義」がこのような公的能力と空間を最も効率的に除去した体制だったとすれば、二十一世紀の私たちにとっては、新自由主義がまさにそれにあたる。新自由主義は、全体主義とはまったく異なる方式で、私たちの主体性から公的に行動し発話する能力を退化させ、人間の政治的実存の多元的条件を、ただ市場化された表象と行動様式によって判断し行動することへと、持続的に還元させてきた。このような状況において、責任の公的な関係が樹立されることは決してあるはずがない。私たちが失くしてしまった公的関係とは、まず何よりも公的に話し、聞くことのできる関係で

†3　科学哲学と認識論において「表象すること」と「介入すること」の区分については、イアン・ハッキング『表現と介入――科学哲学入門』〔渡辺博訳、ちくま学芸文庫、二〇一五年〕を参照のこと〔当該邦訳書で「表現」となっている箇所は、ここでは著者に従って「表象」とした〕。

†4　政治的なものは、政治と経済などの多元的領域で構成された「社会の存在論的次元」、あるいは「社会の組織化の次元」、または「社会の自己―組織化」と定義される。Pierre Rosanvallon, *Pour une histoire conceptuelle du politique*, Paris : Le Seuil, 2003; Oliver Marchart, *Post-Foundational Political Thought: Political Difference in Nancy, Lefort, Badiou and Laclau*, Edinburgh: Edinburgh University Press, 2007.

†5　佐藤嘉幸、前掲書〔二八頁〕。

†6　ハンナ・アレント『人間の条件』〔志水速雄訳、ちくま学芸文庫、一九九四年〕。

あり、そのために必要な能力である。平等な他人の前に自分の姿をさらけ出して行動し、発言することのできる公的空間が、私たちにとって不在であるしかない理由について、オム・ギホ(＊1)は、私たちが「互いにぶつぶつ言っているだけ」だからと指摘する。言い換えれば、「自分の私的な経験を、自分だけの苦痛として話すのみで、他人も聞いてくれるような「公的なイシューを扱う言語」に転換することができない」のである。さらに「これを裏返すと、私たちは他人の話を公的な話として聞くことを知らないという意味にもなる。話す口も、聞く耳も、すべて私的なことを公的なこととして翻訳する能力がない」のだ。主体性の市場化によってもたらされる最も深刻な結果は、言語あるいは意思疎通の関係自体の市場化なのだ。市場化された意思疎通の関係においては、各自の経験の複合性は、話す自分にとっても、それを聞く他者にとっても、まったくの私的なことに還元され、表象されるだけである。そこで私たちにもたらされたのは、「実存的関係の断絶ではなく、私的な経験を公的な言語に転換する関係の不在」であり、その結果残ったのは、「まったくの私的な関係ないしは均一の関係である。代わりにその場所には、ヒーリングや相談などという、私的なことをより私的なものとして扱い消費する、そんな「市場」が拡がっている」(†7)。

しかし、公的能力の喪失は、ただ言語的な意思疎通だけに限定されない。公的空間の喪失と意思疎通の関係の市場化の渦中で、私たちは「公的に見せる／見る能力」もまた失くしてしまった。それは私たちが、自分自身の経験とその経験の舞台となる光景、その光景に登場する人たちとこの経験の話を聞いてくれる人たちのすべてを、公的に眺めることのできる視覚を失ったということだ。公的な視覚の喪失は、前述した公的言語の喪失よりもっと根源的な問題かもしれない。世界と事物、そして他者と自分を眺める視覚が市場化されてしまった人が、他人との関係において、どうして公的に話し／聞く能力を発揮することができるだろうか。このような二重の無能の状況において、共同体構成員の全体あるいは大多数に関連した事案や争点について、誰が、どうしたら、同僚市民たちに対して公論を提起するなどということができるだろうか。

去る〔二〇一四年〕七月二日に行われた国会国政調査で明らかにされた一つの事実が、とくに私たちの関心を引く。セウォル号の惨事当日の午前、青瓦台が、大統領に報告するためとして海洋警察状況室に執拗に現場の映像を要求したことだ。もちろんこれはとても枝葉的なエピソードではあるが、公的視覚の欠如、あるいは政治的視覚の市場化という、私たちの社会全体の状況を端的に表している。この場面の意味を、ただ官僚組織に特有の形式主義とか、大統領やその周辺の独特の慣行と言って済ますわけにはいかない。むしろこれは、韓国社会で決定権を持っているエリート（統治者）だけでなく、市民たち（被治者）にも共有されている、視覚を通じた意思疎通の関

＊1　一九七一年生まれ。社会学者。徳成《トクソン》女子大学校教授。持続可能な社会における子どもの教育学（ペタゴジー）を研究、実践している。

†7　엄기호〔オム・ギホ〕『단속사회―쉴새 없이 접속하고 끊임 없이 차단한다〔断続社会――休む間もなくつながり、切れることなく遮断する〕』（장비〔チャンビ〕、二〇一四年、二六―二七頁）。

係の現状をよく示している。青瓦台の関係者が、生存者の捜索と救助のために、海洋警察に対して系統立った指揮権を行使するのではなく、まず現場で撮影された動画を要求したという事実は、私たちの社会において、公職者と公の体制がどのように事態を眺めているのか、どのように感覚的に把握しているのか、その実態を明らかにしてくれる。

事態の「姿」は、いま目の前に見えるもの、すなわち動画の透明な、すべてが見通せるというイメージに還元される。推測するとすれば、この動画を添付した報告あるいは「プレゼンテーション」は、報告する人、報告を受ける人の全員に事態が総体として把握されていて、したがって状況も完全に統制されているという確信を与えるであろう。動画報告が行われる場では、不確実性や不透明性はあってはならないものとなるだろう。これは、公的でなければならない場で具現化された、視覚の市場化の最も純粋な形態である。

哲学者ハン・ビョンチョル(*2)は、「イメージによって媒介された」このような極度に皮相的で形骸化した社会関係の総体を、「透明社会」と命名した(†8)。「イメージの総体」ではなく「イメージによって媒介された」社会関係とは、もちろんギー・ドゥボールの「スペクタクルの社会」の定義である(†9)。そして彼の定義は、ハン・ビョンチョルが書いた次の一節と強く共鳴する。「展示価値の絶対化は、可視性の専横という結果としてあらわれる。問題はイメージの増加それ自体ではなく、イメージになれという強圧にある。すべてのものが可視化されなければならない。透明性の命令は、可視化の圧力に順応しないすべてのものを疑う。その点において、透明性は暴力的である」(†10)。透明社会の本質は、「目の前に現に表れているもの」、あるいは「いま私に見えるもの」に社会全体が還元されるという点にある。透明性が、政治的で公的な能力、そしてすべての倫理的美徳の代わりになる社会において、否定性、秘密、距離などはすべて消える。そのような点において、透明社会は何よりも「肯定社会」の姿を帯びるしかないのだ(†11)。肯定社会としての透明社会において、見えないもの、聞こえないものは、文字どおり存在しないもの、不在のものになる。いま、現に見えたり聞こえたりせず、その正体を把握するためには感覚を粘り強く働かせなければならない、曖昧で模糊とした対象は、嘘であり脅威であり非倫理的なものとして罪悪視される。透明社会化と、視覚の持つ政治的で公的な可能性とはまったく別な話なのだ。

本来的な意味での視覚性と透明社会とは、むしろ対立する関係にある。私たちの公的な世界も

＊2　ドイツ在住の韓国人哲学者。ベルリン芸術大学教授。現代社会の病理を鋭く分析した二〇一二年刊の『疲労社会』(横山陸訳、花伝社、二〇二一年)が韓国でベストセラーとなり、大きな反響を巻き起こした。セウォル号の惨事に関しては、「新自由主義が生み出した非人間化に伴う惨劇である」とする論考を発表している。

†8　한병철〔ハン・ビョンチョル〕『투명사회〔透明社会〕』(김태환〔キム・テファン〕訳、문학과 지성사〔文学と知性社〕、二〇一四年)〔守博紀訳、花伝社、二〇二一年〕。

†9　ギー・ドゥボール『スペクタクルの社会』〔木下誠訳、ちくま学芸文庫、二〇〇三年〕。

†10　한병철〔ハン・ビョンチョル〕、前掲書、김태환訳、三五頁。強調は原文に従っている。

†11　同前書、一三頁。

そうであるように、多様な関係を通じて媒介され構成された多重的な可視性は、透明性の敵である。市場化された主体は、そのような不安定な仮面を耐え抜くことができず、事態の光景をその背後にある客観的で真正な（と彼が考える）実在に還元しようとする（†12）。このような点で透明社会は、ジャック・ランシェールの言う治安の論理に似通っている（†13）。治安の論理のもとでは、社会にその姿を現さず、声もあげない人々、そして目に見えず、音もしない事件と事物は、初めから存在しない。私たちの目に見えず、その音も聞こえない関係と因果、そして連結網など、初めからないのだ。そうした点で、透明社会、あるいは治安は、見えるものと見えないものの間の、論争の余地のない完璧な分割をその理想とする。新自由主義は、透明社会の治安という側面から言うと、ただ市場化された領域だけを最も透明な可視性の範囲に残しておき、公共性は見えない社会の影の中に捨ててしまうのだ。

　このような透明社会の治安の論理のもとでは、すべての論争的な外部は消える。あるいは消えたと宣言される。時々耳にする法治に対する身勝手な強調が示すように、政治的責任は司法化してしまう。法的な処罰を受けなければ政治的責任も存在しないという論理の転倒は、責任の脱政治化の最も明確な兆候である。同時に「制度」は「組織」という形態をとることによって、腐敗に向かう。制度の権威は正当性にその根拠があり、正当性とはいつも制度の内外の関係としてのみ存在する。例えば、政府の正当性は政府に包摂されない国民の意思に根拠を置く。しかし透明社会において、制度は公式的であれ非公式的であれ、いずれにせよ、外部と内部の間にあって両者を連結する手順として作動するのではなく、不確実な外部を排除し敵対視する組織になる。公的制度においてさえ責任が問われるのは、最近では、内部告発者が出現した場合や、直接的な犠牲者が発生する事件が起きた場合に限られるようになってきたという現実が、まさにこのような傾向を反映している。このような状況で、公職者たちと公の体制が、組織の外部の市民や社会を、利己的個人か反政府勢力という二つの範疇でしか視覚化できない無能力に陥っているのも、それほど驚くべきことではないのかもしれない。

◉公共性の政治美学

セウォル号の惨事の遺族を私的な当事者としてのみ規定しようとする試みは、すべてこのよう

---

†12 公的空間の核心としての「見せる／見る」関係における現前あるいは姿の概念は、人格、顔、仮面、姿の意味をすべて持つラテン語「ペルソナ（persona）」、そして仮面を意味する古代ギリシャ語「プロソーポン（πρόσωπον）」と密接に結びついている。アーレントによれば、市民の公的な実存はいつでもこの仮面に依存していて、この仮面を嘘とみなして剝がしてしまうと、本当の顔が現れるのではなく、そこには顔がない自然、あるいは素っ裸の生命だけが残る。ギリシャ語で偽善者の語源となった「ヒュポクリシス（ὑποκριτής）」が、仮面ではなく仮面を付けた俳優自身を意味したという点も、これと関連して決定的な意味を持つ（ハンナ・アレント『革命について』〔志水速雄訳、ちくま学芸文庫、一九九五年、一五八―一五九頁〕）。

†13 자크 랑시에르〔ジャック・ランシエール〕『정치적인 것의 가장자리에서〔政治的なものの縁で〕』（양창렬〔ヤン・チャンリョル〕訳、길〔キル〕、二〇〇八年）。〔Jacques Rancière, *Aux bords du politique*, 1990.〕

な透明性の政治美学——あるいは反政治美学ないしは脱政治美学——の論理に埋没していると言うことができ、これは私たちの共通の無能力と責任の不在の状況を最もよく表象している。セウォル号の惨事を単に規模が大きい交通事故に置き換えようとする考え方、あるいは遺族に対する補償の問題や、生き残った高校生たちの大学特例入学ないしは犠牲者の義死者指定(＊3)に関する争点に、論議の方向を変えようとする試みは、その背後にある政治的意図とともに、透明性の暴力という側面において批判されなければならない。もしそうなれば、セウォル号の遺族は、単に事件の直接的で私的な当事者というだけに還元され、この惨事の因果関係は、争いの余地のない関係だけに限定されてしまう。そして、討論と論争が不確実で不透明な領域に拡張されたり、その公的性格が増幅される可能性は遮断されてしまう。それは政治的であると同時に美学的であり、認識論的な治安行為である。なぜなら、透明性の支配は、ただ政治の空間だけを縮小させるのではないからである。

「透明性と非媒介性は、政治だけでなく科学にも有害である。これは科学と政治の両方を窒息」させる(†14)。透明性の暴力は、科学技術的争点に関する公的、社会的論争をも中断させる。透明性の観点に立つならば、狂牛病（ＢＳＥ）の発症と伝染の原因となるプリオンの実態、福島原発事故以降問題となっている低濃度放射能が人体に及ぼす影響、天安《チョナン》沈没事件〔二〇一〇年に発生した韓国海軍哨戒艦の沈没事件〕の真相についてのさまざまな仮説、あるいは海底救助活動における「ダイビング・ベル」(＊4)の有効性についての異論などは、議論の余地がない事実にあえて異議を申し立てる片寄った主張にすぎず、そうした論議は、陰謀論や怪談、あるいは「社会的混乱」を引き起こそうという政治的意図によるものに見えるようになる。しかし私たちは、不透明で不確実な因果関係から完全に切り離されていて、科学的な議論、より正確に言えば社会―技術的議論を精緻な水準で展開できない状況に置かれているのだ。当面した争点と明らかに関係してはいるが、まだ明確になっていない複雑でもつれた因果関係を追跡しなければならないときに、私たちが、目の前に無媒介的に提示された「事実の問題」としてのみアプローチするならば、公的無能力は増すばかりだ。

---

*3　韓国では、職務外で人命救助に貢献して命を落とした人を「義死者」に指定し、遺族の社会保障などを優遇する制度がある。セウォル号の惨事においては、乗客の救助にあたっていて死亡した乗組員らが義死者に指定された。

†14　브뤼노 라투르〔ブルーノ・ラトゥール〕「현실정치에서 물정치로―혹은 어떻게 사물을 공공적인 것으로 만드는가?〔リアル政治からモノ政治へ――あるいはどのように事物を公共的なものにするのか?〕」(홍성욱〔ホン・ソンウク〕編『인간・사물・동맹―행위자네트워크 이론과 테크노사이언스〔人間・事物・同盟――行為者ネットワーク理論とテクノサイエンス〕』이음〔イウム〕、二〇一〇年、二七三頁)。〔Bruno Latour, "From Realpolitik to Dingpolitik – or How to Make Things Public," *Making Things Public: Atmospheres of Democracy*, 2005.〕

*4　潜水鐘《しょう》。金属製で鐘型の潜水装置で、船舶などから水中に吊り下げて使用される。セウォル号の惨事に際して、行方不明者の捜索へのこの装置の使用の是非が韓国社会で議論の的となった。また、その経緯を描いたドキュメンタリー映画『ダイビング・ベル　セウォル号の真実』(アン・ヘリョン、イ・サンホ監督、二〇一四年)をめぐり、上映中止を求める動きが政治・社会問題化した。

私たちは、それとは逆に、これを粘り強く追跡すべき「関心の問題」として考えなければならない(†15)。そうでなければ、私たちはどうやって、海運業界と監督当局の癒着の問題、船員たちの雇用形態と刑事的責任、セウォル号沈没の直接的な技術的原因、国家的災難への対応システムの不備、公権力と行政組織の総体的な無能に至るまでの、絡み合った糸の束にも似たセウォル号の惨事の本当の姿を、長期的な観点から描き出すことができるのか。明白に目の前に見えるものだけに依存して、透明に把握されること以外のすべてのものを排除して、どうやってまだ完全に可視化されていない隠された原因の目録を作成することができると言うのか。

このように、公的に話し／聞く関係だけでなく、見せる／見る関係を対称的に知覚し、これについて論議することができて初めて、私たちは責任を取り／問う能力を回復できるだろう。アーレントの指摘のように、言葉と行動が結合したとき、初めて責任（あるいは「約束」）について話せるようになる(†16)（反対に、言葉が欠如した行動は暴力になる）(†17)。これは単に、自分の言葉を確信していると立証するには行動も伴わなければならないという意味だけではない。もちろん、それも確かに大事なことである。行動なしに言葉は証明されたり記憶されたりできない。しかし、私たちはそのようなときでさえも、行動がその結果を予測できないという点において「不確実性」を、そして自分の行動を目撃する他の同僚市民たちにそれがどう見え、どう知覚されるかを統制することはできないという意味で「不透明性」を前提とする、という事実を決して看過してはいけない。このような政治美学的次元がなければ、公的能力に関する問題は、「確信に満ちた勇気ある行動」の意思主義と、「きちんと人の話は聞かなければならない」という意思疎通における合理性の間を、意味なく行ったり来たりする状態を抜け出すのは難しい。

私たちは、言語に対しての伝統的な信頼と、視覚あるいはイメージに対する根深い不信のため、意思疎通の関係において、話す／聞くと、見せる／見るの関係に、依然として非対称的にしか向き合えない。イメージや視覚と同じくらい、言語も不透明であるという事実を認知することによって、私たちは二つを対称的に扱うことができるようになる。まさにこのような対称性に立脚するときにのみ、私たちは、新自由主義によって市場化された主体性と、主体間の関係の視覚的表現物である、透明性のイデオロギーをはっきりと克服して、公的な責任を取り、責任を問うことのできる能力と関係を復元できるようになるのかもしれない。言葉が欠如した透明な可視性と視覚性の支配は暴力的であり、結果についての予測不可能性という行動の本質が前提とされない言葉は、最初から責任を取ることができないものだからだ。

ならば、私たちは何について話し、何を見せてあげなければならないのか。あるいは、公共性の観点から何を聞き、何を見なければならないのだろうか。公的能力と諸関係の総体としての公的空間は、どのように再構成できるのか。

†15 브뤼노 라투르〔ブルーノ・ラトゥール〕、前掲書、二七一頁。
†16 ハンナ・アレント『人間の条件』〔前掲邦訳書、三八〇―三八六頁参照〕。
†17 ハンナ・アレント、同前書〔邦訳書、二二一頁〕、『革命について』〔前掲邦訳書、二二一頁〕。

まず言えることは、私たちは間接性という観点から公共性にアプローチする必要があるということだ。なぜ間接性の観点が要求されるのかと言えば、公的主体性はもっぱら事案に対して間接的に影響を受けるという位置から産出されるからである。私的主体というのは、特定の事案や争点について、直接利害当事者であるか、それとはまったく関係がないか、そのどちらかである。しかし、(新しい意味の)公的主体とは、直接利害当事者とまったく利害に関わらない人の両極端の間に位置して、当該の事案あるいは争点と多様で複雑な関係を結ぶ人たちの総体である。この人たちを、私たちは「公衆(public)」と呼ぶ。公衆は、どうして間接当事者であるだけでなく、公共性の当事者になることができるのだろうか。ジョン・デューイの言葉を借りるとすれば、複数の行為者または行為者集団間になんらかの行為あるいは交流が行われたとき、私たちは「行為に直接的に関係している人たちに及ぼす結果と、直接的に関係している人々を超えて第三者に及ぼす結果という二つの結果がある」と言うことができる。この区分のうちに、「私的なものと公的なものとの区別の萌芽をみるのである」(†18)。特定の行為や事件あるいは争点が、直接的な当事者たちにのみ影響を及ぼす場合、それは私的な関係であり、そのような私的な関係を超えて、不特定多数の間接的な当事者たちに影響を及ぼすようになると、それは公的関係を樹立させるということである。このような意味で、公衆とは「行為によって生じた間接的な結果」から影響を受けるすべての人たちを意味する(†19)。「間接的な結果から影響を受ける」というのは、自分が直接的には関係していない行為や過ちによって生じた結果から影響を受けるという意味だ。このような意味で、セウォル号の惨事を交通事故にたとえるのは、この悲劇を公的な災難ではなく、直接当事者それぞれの過失を把握し比較検討すべき、私的な事故としてとらえようとする態度の結果であろう。さらに、「間接的な結果から受ける影響」とは、その様相が複雑で不明確なあるものである。因果関係が明らかに表象されず、したがってその結果をどのような手段によって統制すべきかわからないということだ。影響関係が間接的なので、原因自体、一つの行為に還元するのが難しく、その影響は不特定多数に及び、その影響の及ぼし方もまたとても多様で複合的なものなのだ。このような理由で、一九二〇年代末のアメリカで公衆の問題をめぐってデューイと論争したウォルター・リップマンは、公衆を「幻（phantom）」のようだと描写した[†20]。公共性とは、このように多元的で複雑な影響関係の連結網を、間接的利害当事者が自ら、透明性のイデオロギーをはねのけて、視覚化し言語化する事後的な再現活動を通じて、初めて再構築できるのだ。このような活動によってのみ、私たちは直面した事態に介入し、間接的結果の影響に統制力を行使できる行動方式と手段を考案し、選択できるようになるからである。

†18 ジョン・デューイ『公衆とその諸問題――現代政治の基礎』〔阿部齊訳、ちくま学芸文庫、二〇一四年、一九頁参照〕。
†19 同前書〔邦訳書、二三頁参照〕。
†20 ウォルター・リップマン『幻の公衆』〔河崎吉紀訳、柏書房、二〇〇七年〕。

私たちはここで、新自由主義の「ほとんどすべてのものの市場化」について、いわゆる「社会的」対案がまったく有効でなかった理由を理解することになる。社会はそれ自体としては公的ではないからだ。社会が、個人や家族の領域よりは明らかに広範囲な、集団的な人間関係の総体であることは間違いない。しかし、個人と家族を超えて影響が及ぶという理由だけで、社会が公的性格を獲得するのではない。社会は、極端な場合には、直接的な利害当事者の関係の連鎖だけでも構成できるからだ。ジョン・デューイが、個人と社会という区分を、私的なものと公的なものの区分に転換しようと提案した理由もここにある。このとき社会は、集団的、共同体的性格を持ってはいるが、公的というよりは私的なものにとどまることになる。ところが新自由主義は、まさに社会的関係の市場化において、とりわけ効率的で優れた能力を見せつけたのだ。

そう考えると、純粋に社会的な対案は、たとえ共同体が直面する問題に対する政治的解決のために構想されたものだとしても、主体性と関係の市場化に対する有力で説得力のある対案になるのは難しいかもしれない。なぜならば、その対案はどのようにしたら公的な性格を獲得できるのかという問題に対する答えが不在のままだからだ。そのうえ、より自由主義的な観点から市民社会の規範性に依存しようが、あるいはより平等主義的な観点から社会的連帯に依存しようが、さらには既存の社会科学の観点からの政治経済的客観性に依存しようが、純粋に社会的あるいは社会学的な対案は、いずれにせよ、非可視的な法則性と明白な透明性という互いに矛盾する二分法のジレンマを抜け出すのが難しいのだ。公的能力と関係、そしてその空間の再構成においてカギとなる、「間接的結果」の複雑に絡み合った連結網の重畳性は、依然として不確実で、不明確な、よく見えずよく聞こえない領域に残されている。普遍的規範性や平等な連帯、あるいは社会科学的客観性は、いずれもこれらを抽象的で非可視的な法則と構造によって説明し、あらわれた行為や発言をその説明した因果関係に従属させる。しかし、現象から法則性が摑めないとき、私たちはその背後に存在すると考える本当の原因と実在から、状況を透明に把握したいという誘惑にかられる。私たちの公的無能力がまさにこのような社会的対案の失敗という空白から育ったというのは、あまりに誇張した主張だろうか。

もちろん私たちは、社会的対案と完全に無関係に、純粋な意味での政治的で公的な対案を構築することはできない。しかし、（「社会」と区別された意味における）「社会的なもの」は二重の意味で不可能性を持つことを理解しなければならない（†21）。まず一つは、完全に把握し説明できる社会的因果関係あるいは直接的当事者の私的関係の連鎖だけで、人間の集合的な暮らしを表象したり構成することはできないということだ。同時に、社会の摩擦と不透明性から完全には分離し得ないという点で、「社会的なもの」は、自由で直接的で政治的なもの、あるいは公的なものの空間的実現を妨げ、そうした対案を非現実的なものにしてきたのだ。したがって、私たち自身の無能

†21 Bruno Latour, *Reassembling the Social: An Introduction to Actor-Network-Theory*, Oxford: Oxford University Press, 2007.

力の克服は、「社会的なものを政治的なものにする」公的再現行為とその実行過程に成否がかかっていると言える(†22)。もちろんこれまでと同様に、市民社会的規範性と社会的連帯、そして社会科学的客観性は依然として私たちにとって必要である。しかし、社会的なものを構成し表象してきた既存の多元的構成要素は、これからは「間接性」を公的に再現する能力と責任という新しい文脈のもとに再編されなければならない(†23)。

◉結　論――なぜセウォル号特別法でなければならないのか?

最後に、議論になっているセウォル号特別法案を取り巻く三つの主要な争点に関して短く言及して結論に代えたい。

第一に、なぜ被害者団体が主体となって調査委員会が構成されなければならないのか。これについては二つの根拠を挙げることができる。まず、遺族対策委員会は被害の当事者ではあるが、ただ私的な意味での直接当事者ではない。遺族対策委員会が、直接的な補償や生存学生の特例入学、そして犠牲者の義死者指定などの解決策を拒否したとき、被害者団体は私的な直接当事者ではなくなった。むしろ、自分たちでは直接コントロールできるわけではなく、成否も不透明な長期的な観点からの公的な解決方法を提案することで、彼らは最も直接的ではあるが、公的な意味で間接当事者の側に立った。これは彼らがただちに公共性を体現する人格的当事者になったということではない。彼らが真相調査のための特別委員会の構成を目標に置いたとき、公共性を回復するための手順と過程が始まったという意味である。
さらに言えば、セウォル号惨事に限らず、重大な災難や社会的、技術的な事実関係が争点となる事案について、事件の因果関係の究明を目的として設置される調査委員会には、必ず関係当事者本人や団体あるいはその代表者が参加しなければならない(†24)。もし当事者の参加がなければ、少数の専門家と政治家だけでとくに論争もないまま調査が行われ、結論が下される可能性が高い。それは、因果関係についての粘り強い追跡が行われないことを意味する。その結果、調査委員会は専門家と一般人の間の議論を橋渡しするのではなく、むしろ論争を不必要に増幅させてしまうだろう。専門家による議論は客観的、合理的とされることで、外部から提起される議論はすべて

---

†22 Nadia Urbinati, *Representative Democracy: Principles and Genealogy*, Chicago: University of Chicago Press, 2006, p. 24.

†23 再現の責任は、「再現の再現」の形態をとる(W. J. T. Mitchell, *Picture Theory: Essays on Verbal and Visual Representation*, Chicago: University of Chicago Press, 1995, p. 423)。社会(的なもの)の公的な再現の場合のように、再現の対象自体の不透明性と不確実性は、再現を、対象に対する忠実な反映として定義できなくさせる。このとき、再現とは対象の構成(「何を再現するのか?」)であると同時に、再現が行われる過程と条件に対するもう一つの再現(「どのように再現するのか?」)を含まなければならず、まさにこれを通じて再現は公的責任の問題と連結される。

†24 Michel Callon, Pierre Lascoumes and Yannick Barthe, *Acting in an Uncertain World: An Essay on Technical Democracy*, trans. Graham Burchell, Cambridge: MIT Press, 2009.

社会的混乱をあおる陰謀論であるかのような扱いを受けてしまうのだ。また、委員となる政治家や政党の代表者は、有権者と党員の多数意思を代弁するだけで、当該事案の当事者を有効に代弁することはできないことも考慮しなければならない。

第二に、なぜ調査委員会に調査権と起訴権が付与されなければならないのか。原則論的に言えば、こうした委員会に調査権と起訴権が必ず付与されなければならないわけではない。しかし、セウォル号惨事の重大性と韓国社会の状況を考慮すれば、間違いなくそれは必要である。これほど大きな犠牲者を生んでしまった以上、この惨事について、法的責任を別にして、ただ安全上の問題や事故の原因となった技術的な事項だけを調査するのは不可能だ。法的、政治的な責任の所在を明らかにする作業と、事件の真相を究明する作業は分離しがたく、またこの二つの作業を並行して別々に行うことは、委員会の活動をさらに困難にするのは明らかだ。そのうえ、調査権だけでは委員会の活動に限界があることは、これまで独立的に設置された特別真相調査委員会の先例を通じて容易にわかる。事故発生前になんらかの不都合が問題となって調査が行われるケースだったり、惨事の発生と同時に、法定された手順に従って独立委員会による信頼できる調査活動が開始されるような公的な仕組みを私たちが持っていたなら、特別法によって設置される調査委員会自体が必要なかったか、あるいは法的責任を問うという極めて広範囲な権限まで持つ必要はなかったかもしれない。

最後に、捜査権と起訴権を持つ調査委員会がこの事案を担当することになれば、政治の司法化という現在の脱政治化の流れを強めてしまうのではないかという危惧について触れておきたい。セウォル号特別法によって設置される調査委員会は、現代の代表制民主主義の制度的空白領域を部分的に補うための非国家的な機構という点において、単純に政治過程を司法判断によって代替するものとみることはできない。この空白は、選挙を通じての多数決や世論調査、他方で専門家ないしは官僚による決定という両極端の間に残されている現代民主主義の広大な社会的領域である。この領域には、代表選挙で選出された議員や議会によっては、あるいは統治の効率性の観点からの技術的決定では、市民の意見を適切に代表できない事案が属している。今回の事案は、なんらかの決定を行うにあたって、あらかじめ事案に関係するすべての間接当事者の声を聴取し、彼らに影響を及ぼしているあらゆる因果関係を考慮することが求められる。現代民主主義において、社会的なものは、有権者による投票や人口に基づく世論調査などの方法以外にも、さまざまな方式で示され代表されなければならない。特定事案を扱う独立委員会も、部分的であるにしても、論争という方式で社会的なものの地図を示してくれるに違いない。

社会についての公的な再現過程は簡単には完結せず、私たちは、代表者と被代表者、統治者と被治者、政府と市民の間の議論を、さまざまな活動を通じて媒介する多くの代理者と制度を必要とする。もちろんセウォル号特別調査委員会は、韓国社会が現在置かれている状況をすべてさらけ出すことはできないだろう。真相調査の結果は私たちの安全意識の実情を暴き出すであろうが、社会の中のさまざまな考えを正確に反映することができないかもしれないし、立場の違いや意見の対立をさらけ出すだけで終わるかもしれない。法的責任を問う権限と真相調査活動の間の緊張関係が、調査委員会の活動にどのような影響を及ぼすのかも未知数である。それでも、「政治」ではない「政治的なもの」の領域において、社会の非可視的領域に追いやられた人たちと事案を、公的な資格に立脚して可視化し、公論化する再現活動を担う制度的形態として、この調査委員会は今後重要な先例になり得る。

特別調査委員会はセウォル号惨事の真相究明というレンズを通して、過去の話ではなく、まさに現在の韓国社会が、見えるものと見えないものとに分割されていることを、少なくとも部分的にでも問題にする役割を果たさなければならない。それは、陸の上からセウォル号の沈没を悲痛な思いでただ眺めているしかなかった私たちが、公的能力を再び私たちの手に取り戻していくための最初の一歩になるであろう。

本を編んで

シン・ヒョンチョル
（季刊『文学トンネ』編集主幹）

そうだ。事故と事件は違う。この本の中でパク・ミンギュも強調しているが、私は叙事論の講義の導入としてしばしば彼と同じ話をする。人が読みたくなる話は、事故ではなく事件を扱う。事故は「事実」と関係して、「処理」と「復旧」の対象だ。しかし、事件は「真実」と関係する。「対面」と「応答」の対象である。事件が本当に事件ならば、それは真実を浮かび上がらせる。真実が本当に真実ならば、私たちはその真実以前に戻ることはできない。そのときすべきことは、その真実と対面しそれに応答することだ。だから小説はふつう、事件、真実、応答の構造を持つ。〔二〇一四年〕四月十六日に起こったことは、「セウォル号事件」である。この事件を通じて露わになった大韓民国の真実を、見えないふりをすることは不可能だ。小説の主人公が真実に応答しなければば、話がつまらなくなるだけだが、私たちがそんなことをしたら、死んだ人たちがもう一度死ぬ。人が死ぬのを放っておくのは不法である。同じ人を二度殺す前に、この不法の政府は起訴されなければならない。

事故と事件の区別から始まる私の叙事論の講義は、私たちにとって文学がなぜ必要か、その理由について考えながら終わる。私たちが本を読む理由のうちの一つは、私たちが知らないことがあるということを知るためである。人が経験できる事件は限られているので、実際に感じられる感情も限られている。そのとき、文学作品を読むことは、感情のシミュレーション実験となり得る。小説を読む間、身も細る思いをしたり、血が沸きたったからといって、その感情を完全に理解したと言うのは言い過ぎだ。しかし、小説でなければその感情に近づいていく方法がない。例えば、自分の子どもが溺れて死んだのに、その真相を知ることができず、死体も見つからないとき感じる感情とか。人間は無能だから完全に理解するのは不可能で、人間は意気地がないので一時的な共感も徐々に薄れていく。だから一生の間にすべきことが一つあるとすれば、それは悲しみについて学ぶことではないか。他人の悲しみに「もううんざりだ」と言うのは残酷なことだ。政府が死んだ人を再び殺そうとするとき、そんな言葉は生き残った人たちまでも殺そうとするのだ。

真実には応答しなければならず、他人の悲しみには礼を尽くさなければならない。これは文学がいつも伝えてきた言葉だ。残念ながら、この言葉にあらためて耳を傾けなければならないときがあるが、いまがまさにそんなときである。四月十六日の惨事以降、状況は私たちの期待を裏切る方向に進んでいる。真実は水葬の危機にさらされ、悲しみは街で嘲弄されている。

この本に掲載した文章はすべて、セウォル号惨事の後に刊行された季刊『文学トンネ』二〇一四年夏号と秋号に掲載されたものである。『文学トンネ』編集委員たちは、私たちの時代を代表する作家たち、社会科学者たちが、いつもより粛然とした思いと覚悟で書き下ろしたこれらの文章を、より多くの方々に迅速に伝えなければならないと緊迫した気持ちでこの本を編む。この本は薄いが重いだろう。言うまでもなく、それは真実と悲しみの重さである。

何があろうと真実は消し去ることができず、悲しみはその悲しみを償うことのできる正当な理由がなければ、その涙を止めることができないのだと証明するために、いま、この本は世に出ていく。

訳者あとがき

二〇一六年十一月、久しぶりのソウルの街だった。

ひと月前から毎週土曜日に行われている大統領退陣を求めるロウソクデモへの参加者が増え続けているとのニュースは、東京にも伝えられていた。街の中心部にはあちこちに「下野せよ」などと書かれた横断幕が張られ、デモの様子を教えてくれるタクシーの運転手さんもなぜか饒舌だった。冬を迎えようという時期となり、頬にあたる風は冷たいのに、街の中にいると何か火照《ほて》りのようなものを感じた。

短い滞在を終えて東京に戻る二十六日の朝、夕方再びデモが行われるという街の中心部を散歩してみた。そして、光化門《クアンファムン》広場まで来て、目指すものにやっと出会うことができた。広場の真ん中のセウォル号の遺族、支援者たちのテント村だ。貼り出された写真を見、メッセージを読みながら思った。そうだ、毎回百万を超える人たちが参加している巨大なうねりのような今回の運動は、直接のきっかけは別にあるのかもしれないが、あの日が出発点で、それ以来このテント村を中心にずっと広がっていって、この大きな運動となったのに違いない、と。二〇一四年四月十六日、修学旅行中の高校生を中心に三百四人もの犠牲者を出したあの惨事だ。

本書は『눈먼 자들의 국가』（文学トンネ、二〇一四年）の全訳である。収録された十二篇の文章はいずれも、この韓国珍島《チンド》沖で起きたセウォル号沈没「事件」（パク・ミンギュ）について書かれたもので、季刊『文学トンネ』の二〇一四年夏号と秋号に掲載された。「セウォル号を考える」と題した特集が組まれた秋号は、発売後、文芸誌としては異例の増刷を重ねたが、ＳＮＳなどで次々に寄せられる読者の要望に応えて、同年十月、単行本として刊行されたのが本書になる。出版にあたっては、より多くの人がこの本を手に取れるよう定価は低く設定され、さらに、売り上げからの印税と販売収益金は全額「セウォル号惨事を忘れないためのさまざまな活動」に寄付され、現在も続けられているとのことだ（発売後一か月で、刊行は三万部、寄付額は一億ウォンに達したという）。

事件発生からわずかひと月（あるいは数か月）、韓国社会がまだ惨事の衝撃にすっぽりと覆われ、国民の多くが悲しみに打ちひしがれているなかで、現代の韓国を代表する十二人の気鋭の小説家、詩人、評論家、学者らが「いつもより粛然とした思いと覚悟で書き下ろした」（シン・ヒョンチョル）文章だ。彼らのうちの何人かは、近年、その作品が日本でも翻訳出版され、多くの読者を獲得しているが、そうした新世代の小説家たちの作品世界に慣れ親しんだ読者は、ここに収録された内省的な文体に新鮮な驚きを感じると同時に、研ぎ澄まされた言葉の重みに強く心を揺さぶられるのではないかと思う。

「未来は、果たして過去より進歩しているのか」、「だんだん悪くなっていくこの世界をつくった犯人は私たち自身」なのではないか。

——キム・ヨンス

「傾いていくその船で、沈んでいく子どもたち」が残していった言葉は、「私たちにくれた最後のチャンス」だ。「どんなに困難でも辛くても、私たちは目を開けなければならない」。

——パク・ミンギュ

「セウォルは、質問のない人生、無関心な人生という、私たちが選んだ生き方が引き起こし」た惨事なのだ。そんな「世の中に向かって、遺族たちは、持てる力を振り絞って質問をしていたのだ」。「ならば今度は、私は何をすべきなのか。彼らの質問に応答しなければならないのではないか」。

——ファン・ジョンウン

十二人の著者がそれぞれの語り口で、なぜ、これほど多くの子どもたちをなす術《すべ》もなく死なせてしまったのか、そんな社会になってしまったのはどうしてなのか問いかける。国家の、社会の、そして私たちの何が問題だったのか、何が間違っていたのか。希望はあるのか。もう一度立て直すために何がなされなければならないか。

あの日以降、韓国の人々が「セウォル」を問い、考え、そして新たに歩き始めていくのに、本書は大きな影響を及ぼしたに違いない。惨事から二年半が経過した二〇一六年の秋、ロウソクを掲げてデモに参加している多くの市民たち、今までデモなんか一度もしたことがなかった彼らは、本書の中でキム・ソヨンが語りかけているように、「私たちに課された倫理的決定と政治的責任は決して回避できない」ことに気づいたのだ。一人ひとりが、「四月十六日以前だったなら黙って見過ごしてきたことについて、もう一度考えて」みて、「自分でも驚くほど自分の感情と考えを表出」し、まさに「それを声に出して」発言しているのだ。

韓国の多くの人々の共感を呼んだその問いかけは、日本に暮らす私たちの胸にも深く重く響く。本書の著者たちが記した言葉は、置かれた状況は違っているにしても、私たち自身と私たちの暮らす社会の「今」への問いかけに重ねることができるのではないか。

二〇一七年三月、韓国ではついに大統領の弾劾が成立し、それを実現した市民たちの運動はキャンドル革命と呼ばれるようになった。晩秋のソウルで本書の持つ力にあらためて気づかされた私は、東京に戻って、韓国で出版されて間もない頃に一度は訳し始めたものの、その後中断したままになっていた本書の翻訳を再開した。

セウォル号沈没「事件」から四年が経つ。日韓の間には、政治の面では相変わらず難しい問題が横たわっているが、人と人との関係という面では、交流が活発化するのに伴い、互いの理解は深まり、少しずつではあっても友情の絆は太く強くなってきたと感じる。隣人たちが、あの悲惨な事件をどう受け止めたのか、自分たちの社会の何が問題だと考えているのか、本書を通じて、韓国に暮らす彼らの今を、さらに身近なものに感じることができるようになると思う。

本書の中でキム・エランが語っている言葉に、私たちも心から頷くことができる。

「理解」とは、他人の中に入っていってその人の内面に触れ、魂を覗き見ることではなく、その人の外側に立つしかできないこと、完全に一体にはなれないことを謙虚に認め、その違いを肌で感じていく過程だったのかもしれない。そのうえで、少しずつ相手との距離を縮めていって、「近く」から「すぐ隣」になることなのではないか。

*

本邦訳書の出版に至るまでには、多くの方々のお世話になった。出版の実現に向けお力添えをいただいた舘野晳《あきら》さん、韓国側との調整にあたってくださったK－BOOK振興会の金承福《キムスンボク》さん、伊藤明恵さん、私の細かい質問にも快く応じてくださった著者の方々、翻訳・出版のサポートをしていただいた韓国文学翻訳院の李善行《イソネン》さん、そして、本書に深い共感を持って出版までの過程を力強く牽引してくださった新泉社編集部の安喜健人さんと関係者の方々に、心から感謝したい。また、ソウル留学時代以来の友人、呉京順《オキョンスン》さんと染井順三さんには、翻訳を進めるなかで今回も有益なアドバイスをいただいた。記して御礼申し上げる。

本書が読者の方々にとって、隣国の社会や人々についての理解を深め、翻って私たち自身の今の状況について考えていく一つのきっかけになることができればと願っている。

二〇一八年三月

矢島暁子

【著者】

キム・エラン（金愛爛／김애란）　小説家

キム・ヘンスク（金杏淑／김행숙）　詩人

キム・ヨンス（金衍洙／김연수）　小説家

パク・ミンギュ（朴玟奎／박민규）　小説家

チン・ウニョン（陳恩英／진은영）　詩人

ファン・ジョンウン（黄貞殷／황정은）　小説家

ペ・ミョンフン（裵明勳／배명훈）　小説家

ファン・ジョンヨン（黄鍾淵／황종연）　文芸評論家，東国大学校国文科教授

キム・ホンジュン（金洪中／김홍중）　社会学者，文芸評論家，
ソウル大学校社会学科教授

チョン・ギュチャン（全圭燦／전규찬）　言論学者，韓国芸術総合学校映像院教授

キム・ソヨン（金瑞永／김서영）　精神分析学者，光云大学校教養学部教授

ホン・チョルギ（洪鍈基／홍철기）　現代政治哲学研究者

＊それぞれの著者の詳細なプロフィールは各章の扉裏に記載.

【訳者】

矢島暁子（YAJIMA Akiko）
学習院大学文学部卒業．高麗大学大学院国語国文学科修士課程で国語学を専攻．
訳書に，ソン・ウォンピョン『アーモンド』（2020年本屋大賞翻訳小説部門第1位受賞），『三十の反撃』（2022年同賞受賞），『プリズム』（以上，祥伝社），イ・コンニム『世界を超えて私はあなたに会いに行く』（KADOKAWA），『殺したい子』（アストラハウス），チョ・ナムジュ『ミカンの味』（朝日新聞出版），イ・ギュテ『韓国人のこころとくらし――「チンダルレの花」と「アリラン」』（彩流社），洪宗善ほか『世界の中のハングル』（三省堂）がある．

目の眩《くら》んだ者たちの国家

2018年5月25日　初版第1刷発行©
2024年4月16日　初版第2刷発行

著　者＝キム・エラン，キム・ヘンスク，キム・ヨンス
　　　　パク・ミンギュ，チン・ウニョン，ファン・ジョンウン
　　　　ペ・ミョンフン，ファン・ジョンヨン，キム・ホンジュン
　　　　チョン・ギュチャン，キム・ソヨン，ホン・チョルギ
訳　者＝矢島暁子
発行所＝株式会社 新 泉 社
〒113-0034　東京都文京区湯島1-2-5　聖堂前ビル
TEL 03(5296)9620　FAX 03(5296)9621
印刷・製本　萩原印刷

ISBN 978-4-7877-1809-9　C0010　Printed in Japan

韓国文学セレクション　七年の最後

キム・ヨンス著　橋本智保訳　四六判／二四〇頁／定価二三〇〇円＋税／ISBN978-4-7877-2321-5

書かないことで文学を生き抜いた詩人、白石《ペクソク》——。
北朝鮮で詩人としての道を断たれた白石の後半生を、現代韓国文学を代表する作家がよみがえらせた長篇作。
望んだけれど叶わなかったこと、最後の瞬間にどうしても選択できなかったこと、夜な夜な思い出されることは、ことごとく物語になり小説になる。伝説の天才詩人が筆を折るまでの七年間。

韓国文学セレクション　さすらう地

キム・スム著　岡 裕美訳　姜信子解説　四六判／三一二頁／定価二三〇〇円＋税／ISBN978-4-7877-2221-8

一九三七年、スターリン体制下のソ連。朝鮮半島にルーツを持つ十七万の人々が突然、行き先を告げられないまま貨物列車に乗せられ、極東の沿海州から中央アジアに強制移送された。狭い貨車の中でひそかに紡がれる人々の声を物語に昇華させ、定着を切望しながら悲哀に満ちた時間を歩んできた「高麗人《コリョサラム》」の悲劇を繊細に描き出す。

韓国文学セレクション　ロ・ギワンに会った

チョ・ヘジン著　浅田絵美訳　四六判／二二四頁／定価二〇〇〇円＋税／ISBN978-4-7877-2322-2

単身ブリュッセルに流れ着いた二十歳の脱北者ロ・ギワン。希望を見いだせず、自分を否定する日々を送っていた放送作家の「わたし」は、雑誌で出会った彼の言葉がきっかけで旅に出る。ギワンの足跡を辿るなかで、失意と後悔から再生していく人びとの物語。英語版、ロシア語版も刊行された映画原作の話題作。中東曄文学賞受賞作。